चौरासी

(उपन्यास)

डिस्क्लेमरः

इस उपन्यास की घटनाएँ, पात्र इत्यादि पूर्णतया काल्पनिक हैं। कुछ वास्तविक व्यक्तियों एवं स्थानों के नाम सिर्फ़ कल्पना को वास्तविकता का पुट देने के लिए इस्तेमाल किए गए हैं। इनका अन्य कोई अंतर्निहित उद्देश्य नहीं है।

किसी भी प्रकार की समानता मात्र एक संयोग होगा।

चौरासी

सत्य व्यास

हिन्द युग्म

ISBN: 978-93-87464-25-4

प्रकाशक :
हिन्द-युग्म
सी-31, सेक्टर-20, नोएडा (उ.प्र.)-201301
फ़ोन- 0120-4374046

मुद्रक : थॉमसन प्रेस
आवरण डिजाइन : राजेश बारिक
कला-निर्देशन : विजेंद्र एस विज

पहला संस्करण : सितंबर 2018
दूसरा संस्करण : नवंबर 2018
सातवाँ संस्करण : जनवरी 2025

मूल्य : ₹199

Chaurasi

A novel by *Satya Vyas*

Published By
Hind Yugm
C-31, Sector-20, Noida (UP)-201301
Phone- 0120-4374046
Email- sampadak@hindyugm.com
Website- www.hindyugm.com

First Edition: Sep 2018
Second Edition: Nov 2018
Seventh Edition: Jan 2025
Price: ₹199

وَمَنْ أَحْيَاهَا فَكَأَنَّمَا أَحْيَا ٱلنَّاسَ جَمِيعًا

القرآن/5:32 المائدة

"...Whosoever saves the life of one; it shall be as if he has saved the life of all mankind..."

–Qur'an, Al-Maeda / 5:32

"...वो जिसने एक भी ज़िंदगी बचाई है, तो समझ लो कि उसने संपूर्ण मानवता की रक्षा की है..."

–क़ुरान, अल-मायेदाह / 5:32

मुआफ़ी

प्रियंका से: जिसका वक़्त अब उसका नहीं है।

सान्निध्य से: जिसके पापा ख़ुद को लेखक कहते हैं और महज़ दो किताबें ही लिख पाए हैं।

माँ–पापा से: जिनका बेटा देश घूमता है और घर आना ही भूल जाता है।

दोस्तों से: जो जानते हैं कि मुझे फ़ोन न उठाने की बीमारी है।

ख्वाज़ा ग़ुलाम फ़रीद से: जिनके जोग मैंने बिना इजाज़त लिए।

अनुपम चित्कारा और बॉबी सिंग से: जिनकी गुरु दक्षिणा मैं चाहकर भी नहीं दे सकता।

मनीष वंदेमातरम् से: जिनकी बातें मानता तो अब तक लिखना सीख गया होता।

और अंत में......

पूरी सिख क़ौम से: इस उम्मीद के साथ कि हमें मुआफ़ी न मिले।

News of death of Smt. Indira Gandhi reached Bokaro in the evening of 31st October… Inspite of imposition of curfew in the morning, several incidents have taken place. There is no dispute that 69 sikhs were killed within a few hours. Several houses were looted and burnt and a lot of persons were also assaulted and received injuries.

Misra Commision Report, Chapter 12

श्रीमती इंदिरा गाँधी की मृत्यु का समाचार 31 अक्टूबर की शाम को बोकारो पहुँचा... सुबह में कर्फ़्यू लगाए जाने के बावजूद कई घटनाएँ हुईं। यह निर्विवाद है कि महज़ कुछ घंटों के अंदर 69 सिखों की हत्या हुई। कई घर लूटे और जलाए गए तथा अनेक लोग हताहत एवं ज़ख़्मी हुए।

मिश्रा कमीशन रिपोर्ट, अध्याय 12

दुखवा सुनावे नगरिया सखी री

कहानियों को गंभीर और अलग बनाने के बहुत सारे तरीक़े हो सकते हैं। एक तरीक़ा तो यह है कि कहानी कहीं बीच के अध्याय से शुरू कर दी जाए। आप आठवें-नवें पन्ने पर जाएँ तो आपको कहानी का सूत्र मिले। आप विशद पाठक हुए तो आगे बढ़े वर्ना चौथे-पाँचवें पन्ने पर ही कहानी दूर और किताब दराज़ में चली जाए।

मैं ऐसा नहीं करूँगा। इसके चार कारण हैं। पहला तो यह कि मैं चाहता हूँ कि आप यह कहानी पढ़ें, दराज़ में न सजाएँ।

दूसरा यह कि मैं क़िस्सागो नहीं हूँ। सो, वैसी लफ़्फ़ाज़ियाँ मुझे नहीं आतीं। मैं एक शहर हूँ जो उसी ज़बान और उसी शैली में कहानी सुना पाएगा जो ज़बान उसके लोगों ने उसे सिखाई है।

तीसरा यह कि प्रेम स्वयं ही पेंचीदा विषय है। तिस पर प्रेम कहानी डेढ़ पेंचीदा। प्रेम की गूढ़ और कूट बातें ऐसी कि यदि एक भी सिरा छूट जाए या समझ न आए तो मानी ही बदल जाए।

और आख़िरी कारण यह कि इस कहानी के किरदार ख़ुद ही ऐसा चाहते हैं कि उन्हें सादा दिली से पढ़ा जाए। इसलिए यह ज़रूरी हो जाता है कि इसे सादा ज़बान लिखा भी जाए।

किरदार के नाम पर भी कहानी में कुल जमा चार लोग ही हैं। यहाँ यह बताना भी ज़रूरी समझता हूँ कि कहानी जितनी ही सरल है, किरदार उतने ही जटिल। अब मुख्य किरदार ऋषि को ही लें। ऋषि जो कि पहला किरदार है। 23 साल का लड़का है। बचपन में ही माँ साँप काटने से मर

गई और दो साल पहले पिता बोकारो स्टील प्लांट में तार काटने में जाया हो गए। अपने पीछे ऋषि के लिए एक मोटरसाइकिल और एलआईसी के कुछ काग़ज़ छोड़ गए। ऋषि ने काग़ज़ फेंक दिया और मोटरसाइकिल रख ली। पिछले दो सालों से बिला नागा बोकारो स्टील प्लांट के प्रशासनिक भवन के बाहर पिता की जगह अनुकंपा पर नौकरी के लिए धरने पर बैठता है। मेधावी है तो बच्चों को ट्यूशन पढ़ाकर ख़र्च निकाल लेता है। मुहल्ले के सारे काम में अग्रणी है। आप कोशिश करके भी किसी काम से थक गए हैं तो ऋषि ही उसका इलाज है। मोटर, बिजली बिल, चालान, जलावन की लकड़ी, कोयला, मिट्टी-तेल, बिजली-मिस्त्री, राजमिस्त्री इत्यादि सबका पता सबका समाधान ऋषि के पास है।

आप सोच रहे होंगे कि इतना अच्छा तो लड़का है। सरल, सीधा, मेधावी और कामकाजी। फिर मैंने इसे पेंचीदा क्यों कहा? क्योंकि उसका यह चेहरा बस मोहल्ले के मोड़ तक ही है। मोड़ से निकलते ही ऋषि उच्छृंखल है। उन्मुक्त है। निर्बाध है। उद्दंड है। प्रशासनिक भवन पर धरने के वक़्त बाहर निकलते अधिकारियों को जब घेर लेता है तब रोबीली आवाज़ का यह मालिक उन्हें मिमियाने पर मजबूर कर देता है। धरने-प्रदर्शन के कारण ही स्थानीय नेता से निकटता भी हासिल है जिसका ज़ोम न चाहते हुए भी अब उसके चरित्र का हिस्सा है। वह पल में तोला और पल में माशा है। मगर इन सबके उलट बाहर महज़ आँखें तरेरकर बात समझा देने वाले ऋषि को अपने मोहल्ले में, अपनी गलियों में भूगर्भ विज्ञानी का नाम दिया गया है; क्योंकि अपने मोहल्ले में वह ज़मीन से नज़रें ही नहीं उठाता। व्यवहार का यही अंतर्विरोध ऋषि को पेंचीदा बनाता है।

दूसरे किरदार छाबड़ा साहब हैं। छाबड़ा साहब सिख हैं। पिता की ओर से अमृतधारी सिख और माता की ओर से पंजाबी हिंदू। अपने घर में सबसे पढ़े-लिखे भी। मसालों का ख़ानदानी व्यवसाय था मोगा में। अगर भाइयों से खटपट नहीं हुई होती तो कौन आना चाहता है इन पठारों में अपना हरियाला पिंड छोड़कर! अपने गाँव, अपने लोग छोड़कर! ब्याह औरतों से आँगन छीनता है और व्यापार मर्दों से गाँव। बहरहाल, कर्मठ इंसान को क्या देश क्या परदेस! वह हर जगह ज़मीन बना लेता है। बोकारो शहर के बसते-

बसते ही छाबड़ा साहब ने अवसर भाँप लिया था और यहाँ चले आए। थोड़ी बहुत जान-पहचान से कैंटीन का काम मिल गया। पहले काम जमाया फिर भरोसा। काम अच्छा चल पड़ा तो एक बना-बनाया घर ही ख़रीद लिया। ऋषि ने इनके कुछ अटके हुए पैसे निकलवा दिए थे; इसलिए ऋषि को जब कमरे की ज़रूरत पड़ी तो छाबड़ा साहब ने अपना नीचे का स्टोरनुमा कमरा उसे रहने को दे दिया। बस शर्त यह रखी कि किराये में देर-सबेर भले हो जाए; घर सराय न होने पाए। अर्थात् बैठकबाजी और शराबनोशी बर्दाश्त नहीं की जाएगी। उन्होंने अपने घर के एक कमरे में गुरुग्रंथ साहब जी का 'परकाश' भी कराया। बाद में गाँव से पत्नी को भी ले आए। उनकी बेटी मनु हालाँकि तब गाँव में ही थी। वह एक साल बाद आई।

एक साल बाद आई 'मनु' ही इस कहानी की धुरी है। मनजीत छाबड़ा। मनु जो मुहल्ले में रूप-रंग का पैमाना है। मुहल्ले में रंग दो ही तरह का होता है- मनु से कम या मनु से ज़्यादा। आँखें भी दो तरह की- मनु से बड़ी या मनु से छोटी। मुस्कुराहट मगर एक तरह की ही होती है- मनु जैसी प्यारी। 'आए बड़े' उसका तकिया-कलाम है जिसके ज़रिये वह स्वत: ही सामने वाले को अपने स्तर पर ले आती है। भोली इतनी कि रास्ते में मरे जानवर की दुर्गंध पर छाबड़ा साहब अगर साँस बंद करने को कहें तो तबतक नहीं खोलती जबतक वह साँस छोड़ने को न कह दें। बी.ए. प्रथम वर्ष की छात्रा है और प्रतियोगी परीक्षाओं की तैयारी सिर्फ़ इस भरोसे से करती है कि एक दिन ऋषि उसे भी पढ़ाएगा। ऋषि एक-दो बार इसके लिए यह कहकर मना कर चुका है कि वह स्कूल के बच्चों को पढ़ाता है, कॉलेज के बच्चों को नहीं।

चौथा और सबसे महत्वपूर्ण किरदार यह साल है, 1984। साल जो कि दस्तावेज़ है। साल जो मेरी छाती पर किसी शिलालेख की भाँति खुदा है। मैं न भी चाहूँ तो भी तारीख़ मुझे इसी साल की बदौलत ही याद करेगी; यह मैं जानता हूँ।

बाक़ी, इसके अलावा जो भी नाम इस किताब में आएँ वे महज़ नाम हैं जो कहानी के किसी चरण में ही खो जाने हैं।

अब मेरा परिचय? मैं शहर हूँ- बोकारो। मेरे इतिहास में न जाएँ तो वक़्त बचेगा। वैसे भी इतिहास तो मैदानी इलाक़ों का होता है जहाँ हिंदुकुश की दरारों के रास्ते परदेशी आते गए और कभी इबारतें तो कभी इमारतें बनाते गए। उनके मुक़ाबिल हम पठारी, लल-मटियाई ज़मीनों को कौन पूछता है? हमारी कहानियाँ किसी दोहरे, किसी माहिये या तवारीख़ में भी नहीं आतीं। इसीलिए हम अपनी कहानी ख़ुद ही सुनाने को अभिशप्त हैं।

अभिशप्त यूँ कि आज़ादी के 25 साल बाद भी 3 अक्टूबर 1972 को पहला फावड़ा चलने से पहले तक मुझे कौन जानता था! उद्योगों में विकास खोजते इस देश को मेरी सुध आई। देश की प्रधानमंत्री ने मेरी छाती पर पहला फावड़ा चलाया और मैं जंगल से औद्योगिक नगर हो गया। नाम दिया गया- 'बोकारो इस्पात नगर।' पहली दफ़ा देश ने मेरा नाम तभी सुना।

मगर दूसरी दफ़ा जब देश ने मेरा नाम सुना तो प्रधानमंत्री की हत्या हो चुकी थी और मैं शर्मसार हो चुका था। मैं आपको अपनी कहानी सुना तो रहा हूँ; लेकिन मैंने जानबूझकर कहानी से ख़ुद को अलग कर लिया है। इसके लिए मेरी कोई मजबूरी नहीं है। पूरे होशो-हवास में किया गया फ़ैसला है। बस मैं चाहता हूँ कि मुझे और मेरे दुःख को आप ख़ुद ढूँढ़ें और यदि ढूँढ़ पाएँ तो समझें कि आपके किए की सज़ा शहर को भुगतनी पड़ती है। तारीख़ किसी शहर को दूसरा मौक़ा नहीं देती।

अब ख़ुद को बीच से हटाता हूँ। आप किरदारों के हवाले हुए। बिस्मिल्लाह कहिए!

सखी री! पिया दिखे कल भोर

शहर नया बसा था। शहर जो आदिवासियों को विस्थापित कर बसा था और इसीलिए विस्थापितों की 'आह' लिए बसा था। शहर जो पहले प्रधानमंत्री के सपनों का भारत बना रहा था और इसलिए लोहे उगाते हुए किसानों को नौकरी करना सिखा रहा था। चूँकि, शहर नया बसा था इसलिए सड़के कहीं-कहीं इतनी सँकरी हो गई थीं कि सड़क के मुहाने पर गाड़ी वाले की एक ग़लती लंबे जाम लगा देती थी।

कॉलेज जाते हुए ऐसी ही एक सड़क जाम में मनु का रिक्शा भी फँसा था। उमस और तपिश से परेशान मनु ने दुपट्टे से मुँह बाँध रखा था क्योंकि धूल उसे उमस और गर्मी से ज़्यादा परेशान कर रही थी। यूँ बैठे-बैठे अचानक उसे अपनी मूर्खता का एहसास हुआ। न जाने कितनी ही देर से वह रिक्शा की छतरी गिराए बैठी थी और सीधी धूप को अपने शरीर पर आने दे रही थी। ख़ुद को कोसते हुए उसने छतरी जैसे ही उठानी चाही उसे ऋषि की मोटरसाइकिल की आवाज़ सुनाई दी। उसकी धड़कन अचानक तेज़ हो गई। मनु ने छतरी गिरी ही रहने दी और तेज़ धड़कनों को संभालती हुई सीधी होकर बैठ गई। ऋषि गाड़ियों के बीच से जगह बनाता हुआ आगे निकल ही रहा था कि मनु के रिक्शावाले ने अगला चक्का दाहिनी ओर घुमा दिया। ऋषि के आगे का रास्ता बंद हो गया। अचानक ब्रेक लगने से ऋषि असंतुलित हो गया। उसने मोटरसाइकिल रोकी और ग़ुस्से से तमतमाते हुए रिक्शावाले की तरफ़ हाथ चला दिया। रिक्शावाला थोड़ा पीछे हट गया

जिससे ऋषि का वार ख़ाली गया। उसका क्रोध और बढ़ गया। उसने उतरकर रिक्शावाले को गिरेबान से पकड़कर मारने को फिर हाथ बढ़ाया ही था कि मनु से रहा न गया और वह बीच में बोल पड़ी,

"अरे! इसे क्यों मार रहे हैं! इसकी क्या ग़लती है?" कहते हुए मनु का मन खिन्न हो गया। दूसरे मोहल्ले की उसकी दोस्तों ने बताया था कि उसका किरायेदार फ़सादी है। झगड़े करता रहता है। मगर मनु कभी मानने को तैयार नहीं हुई थी। आज जब उसने ऋषि को ग़लत करते देखा तो उसके मुँह से अनायास ही निकल गया।

ऋषि आवाज़ से पहचान तो गया कि दुपट्टे के पीछे का यह चेहरा मनु का ही है; मगर चूँकि वह गिरेबान पकड़ चुका था इसलिए अपनी ग़लती मानना भी उसे नावाजिब लगा। उसने गिरेबान छोड़ते हुए अहमकाना-सा तर्क दिया,

"रिक्शा ऐसे खड़ी करते हैं क्या?"

"नहीं जी! वैसे खड़ी करते हैं जैसे उन साहब ने कार खड़ी कर रखी है और जाम लगा रखा है।" मनु ने सामने खड़ी कार की तरफ़ इशारा किया जिसने सँकरी गली में कार घुसाकर जाम लगा दिया था। मनु ने ऋषि की ओर देखा और फिर चुप बैठ गई।

"फिर भी, ये कोशिश करता तो रास्ता निकल जाता।" ऋषि ने शर्म चबाते हुए कहा।

"आप ही कोशिश कर दीजिए ना! रास्ता दिख रहा हो तो! कार वालों को देखकर तो आवाज़ नहीं खुलती, ग़रीबों पर जाने कैसे हाथ खुल जाते हैं। आए बड़े!" मनु ख़ुद में ही भुनभुनाई; मगर उसका स्वर इतना तेज़ तो था ही कि ऋषि सुन सके।

ऋषि ने सुना। तंज़ नागवार गुज़रा था। उसने मोटरसाइकल वहीं सड़क के बीचोबीच स्टैंड पर खड़ी की। अपने कुर्ते की बाँह चढ़ाई और रिक्शे का हैंडल थाम लिया। मनु इस एहसास से भी कोसों दूर थी कि ऋषि उसके तंज़ पर रिक्शा ही खींच लेगा। उसने जैसे ही एक हाथ से हैंडल और दूसरे हाथ से सीट पकड़कर रिक्शा आगे बढ़ाया मनु असुंतलित होकर हिचकोले खा गई और फिर रिक्शे पर ही संयत हो गई। ऋषि ने रिक्शा आगे बढ़ाया।

रिक्शावाले को इशारे से ही अपनी मोटरसाइकिल का ध्यान रखने को कहा और आवाज़ की हाँक से जगह बनाते हुए आगे बढ़ने लगा। मनु जब तक कुछ समझ पाती तब तक ऋषि रिक्शे को आधी दूरी तक खींच चुका था। मनु के मन के किसी कोने में डर बैठ गया। उसे पता था कि आज कॉलेज में कहानी बन जाएगी। सहेलियाँ चुहल करेंगी और शोहदे तंज़ मारेंगे; मगर वह पहली दफ़ा ऋषि को इतने नज़दीक से देख रही थी। वह ख़ुश थी और इस क्षण रिक्शे की सीट पर जमे ऋषि के हाथ की अँगूठियों के नग पहचानने में मगन थी। यह लालवाला पत्थर कौन-सा है ? मूंगा या गोमेद! मूंगा तो काफ़ी महँगा होता है न! और इन्होंने बीच की उँगली में पहना है, मतलब ज़रूर गोमेद है। मनु सोचती रही। उसकी सोच पर विराम तब लगा जब उसने एक थप्पड़ की ज़ोरदार आवाज़ सुनी। उसकी तंद्रा टूटी और उसने देखा कि कार की चालक सीट पर बैठा लड़का अपने गाल पकड़े बैठा है।

"जिस उम्र में कार मिली न, उस उम्र में मार मिली होती तो तुम साले गाड़ी पार्क करना सीख गए होते! भाग, नहीं तो यहीं नील-डाउन करवाएँगे!" मनु ने कार के आगे बढ़ते वक़्त ऋषि के मुँह से यही सुना। जाम एक थप्पड़ का ही मेहमान था। फ़ौरन छँट गया।

"देखो, जाम खुल गया।" आगे बढ़ने के बाद ऋषि रिक्शा खींचते हुए बोला।

"जी, तो अब क्या कॉलेज तक छोड़ेंगे ?" मनु ने दुपट्टे के पीछे से छलक आई मुस्कुराहट रोकते हुए कहा।

मनु की यह बात सुनकर ऋषि झेंप गया। उसे दरअसल अब एहसास हुआ कि उसने तैश में आकर क्या कर दिया है। उसने फ़ौरन रिक्शे का हैंडल छोड़ दिया। हाथ झाड़े और हाथ के ही इशारे से रिक्शेवाले को बुलाया जो बेचारा उसकी मोटरसाइकिल की निगरानी कर रहा था। रिक्शेवाले ने आकर रिक्शा थाम लिया। ऋषि ने मोड़ी हुई आस्तीन खोलते हुए जाने से पहले एक नज़र मनु को देखा और अपनी मोटरसाइकिल की ओर बढ़ गया। रिक्शा भी आगे की ओर बढ़ चली। मनु राह भर ही नहीं, रात भर मुस्कुराती रही।

मनु ने जाना कि प्रेम साइत देखकर प्रारंभ नहीं होता।

*साइत- मंगल-बेला

सखी री, पियु नहीं जानत प्रेम

सुबह का वक़्त ऋषि के बाहर निकल जाने का होता था। वह सुबह-सुबह ही अपनी मोटरसाइकिल से निकल जाता था और लगातार के तीन-चार ट्यूशन ख़त्म कर क़रीब बारह बजे कमरे पर आता था। यह उसका रोज़ का ही नियम था जो इतवार को छोड़कर शायद ही कभी टूटा हो।

नियम तो दिन भर बिजली के रहने का भी था। मगर उस रोज़ न जाने कौन-सी विपत्ति ट्रांसफार्मर पर टूटी थी कि दिन भर बिजली नहीं आनी थी। जब बिजली ही नहीं आनी थी तो मोटर से पानी ऊपर नहीं चढ़ना था। पीने के पानी की दिक़्क़त तो नहीं थी, मगर बर्तन-बासन के लिए पानी नहीं था। मनु इस बात से परेशान होकर कई दफ़ा बिजली विभाग की नाश को पीट और करम को जला चुकी थी; मगर गालियों से पानी का कोई संबंध नहीं था। वह तो उसे नीचे से ही लाना था।

ऋषि के बाथरूम में चापाकल लगा हुआ था। उसी चापाकल से बर्तन-बासन के लिए पानी लाने की बात मनु ने सोची और छोटीवाली बाल्टी में चापाकल से पानी भर लाई। मगर दो बार बाल्टी से पानी ऊपर-नीचे पहुँचाने में मनु थककर टूट गई। चैत की उमस और बाल्टी लेकर सीढ़ियाँ चढ़ने के कारण वह पसीने से सराबोर हो गई। उसे नहाने की ज़रूरत महसूस हुई लेकिन पानी की क़िल्लत ने उसे दो-चार गालियाँ और याद करने पर मजबूर किया।

इसी कुढ़न के बीच अचानक ही उसे ख़याल आया कि वह नीचे भी तो

नहा सकती है। समय ही कितना लगेगा? हद से ज़्यादा पाँच-सात मिनट। फिर अभी तो 10 ही बजे हैं; ऋषि के लौटने में अभी तो दो घंटे हैं।

मनु ने फ़ौरन अपने कपड़े उठाए और नीचे चली आई। उसने ग़ुसलख़ाने का कड़ियोंवाला साँकल लगा दिया और तेज़ी से चापाकल चलाकर बाल्टी भरने लगी। जल्दबाज़ी में नहाते हुए दो मग पानी डालते ही उसे ध्यान आया कि वह साबुन तो ले आई है, मगर शैंपू लाना भूल गई। पहले उसने सोचा कि आज वह बग़ैर शैंपू ही नहा ले। फिर जाने क्या सूझा, उसने उठकर बाथरूम में लकड़ी के तख़्ते पर रखे सामान पर एक सरसरी निगाह डाली। हरे साबुन की टिकिया, ब्लेड के टुकड़े, दाढ़ी बनाने का ब्रश, आँवला तेल की शीशी और पीले शैंपू की बोतल। तख़्ते पर कुल जमा यही सामान थे। मगर उसके काम का सामान तो शैंपू ही था। शैंपू में से अगर दस बूँद निकाल ही ली जाए तो क्या फ़र्क़ पड़ेगा! यही सोचकर उसने शैंपू का ढक्कन खोल दिया और एक झटके से ही शैंपू की बोतल अपने हाथ में उड़ेल ली। उसे उम्मीद थी कि गाढ़ा शैंपू बूँद-बूँदकर उसकी हथेलियों पर गिरेगा। मगर यह क्या! उसके शैंपू उलटते ही सारा-का-सारा उसके हाथों पर गिर गया। वह डर गई। उसे लगा कि शैंपू की बोतल में पानी मिलाकर रखा गया था जैसा कि वह भी शैंपू ख़त्म हो जाने की स्थिति में करती है। मगर अचानक फैली गंध ने यह बताया कि यह पानी नहीं था। यह शराब थी। सारी-की-सारी शराब ज़मीन पर गिरकर मोरी की ओर चली गई थी। उत्सुकतावश मनु अपने हाथों को अपनी नाक के पास ले गई और फिर भय से काँप गई। शराब! यह तो शराब है! तो क्या ऋषि शराब पीता है? पीता ही होगा! ऐसे-ऐसे दोस्त हैं उसके। मगर इस तरह छुपाकर क्यों? उसे टोकने वाला कौन है? पापाजी के डर से शायद। पापाजी को पता चल जावे तो घर से न निकाल दें। वह सोचती गई। कहानियाँ, क़िस्से, बातें और अफ़वाहें जो कुछ भी वह ऋषि के बारे में सुनती रही है; सोचती गई और इसी सोच में वह यह बात भूल गई कि वह अपने घर में नहीं बल्कि ऋषि के ग़ुसलख़ाने में नहा रही है। समय प्रेम लिख रहा था।

समय जब प्रेम लिखता है तो होनी बदलती जाती हैं और अवसर बनते जाते हैं। होनी के अनुसार बिजली रहनी थी और मनु को ऊपर नहाना था।

अवसर यह बना कि बिजली नहीं थी और मनु नीचे नहा रही थी। होना यह था कि मनु को शैंपू लेकर आना था और अवसर यह बना कि मनु अपना शैंपू भूल गई। होना यह भी था कि मनु को अब फ़ौरन नहाकर निकल जाना था। अवसर यह बना कि वह शराब की कहानी अंजुरी में बची शराब लिए जड़वत खड़ी सोचती रही।

और होना यह भी था कि ऋषि को 10 बजे वाली ट्यूशन पढ़ाने के लिए उकरीद मुहल्ले की ओर जाना था; मगर अवसर यह बना कि दस बजे की ट्यूशन के रास्ते में ही ऋषि की मोटरसाइकिल पंचर हो गई। वह गाड़ी मैकेनिक को देकर पैसे लेने घर लौटा। धूप और देर तक पैदल चलने की वजह से वह पसीने से सराबोर था। इसलिए उसने कमरा खोलने से पहले हाथ-मुँह धोना उचित समझा और इसी क्रम में ग़ुसलख़ाने के दरवाज़े को एक ज़ोरदार धक्का दिया। कड़ियोंवाला साँकल ज़ोर का धक्का सह नहीं पाया और...

दरवाज़ा खुल गया। ऋषि को अपने सोच की सीमा तक ऐसी किसी घटना का अंदाज़ा नहीं था। मनु को अंदाज़ा था; मगर वह इस क्षण में तैयार नहीं थी। वह तो शराब के विश्लेषण में खोई थी। एक क्षण को दोनों अवाक् रहे और दूसरे क्षण से भी कम समय में कुछ बातें एकसाथ हुईं-

"मम्मी जी!" मनु भय से चिल्लाई।

ऋषि ने महज़ आवाज़ सुनकर चेहरा दूसरी ओर घुमा लिया और मनु ने भीतर से दरवाज़ा अपनी पीठ की ओट से बंद कर दिया।

अगले ही क्षण एक और बात हुई। ऊपर से मनु की माँ चिल्लाई, "की होया?"

ऋषि तो जैसे महीनों बर्फ़ में गड़ा हो; वैसे सुन्न हो गया था। उसकी तरफ़ से कोई आवाज आनी भी नहीं थी। अगली आवाज़ मनु की ही आई,

"कुछ नहीं मम्मी जी, छछूंदर सी।"

"ते तू थल्ले की करदी पईं ए? छेती उत्ते आ। मुंडे नु आन दा वक्त होन वाला ए।" माँ की दूर जाती आवाज़ सुनाई दी। माँ नीचे नहीं आ रही थीं। ऋषि को राहत की साँस मिली। उसे लगा कि बला टल गई। मगर असली बला तो भीतर थी और कपड़े पहनने के साथ-साथ मुस्कुरा भी रही थी।

"आपको शर्म नहीं आती!" जबरन ग़ुस्से का अभिनय करती एक आवाज़ भीतर से आई।

"देखो, मतलब देखिए। नहीं-नहीं, मतलब सुनिए। मुझे बिल्कुल भी मालूम नहीं था कि कोई...।" ऋषि ने अधूरी बात में ही अपनी पूरी बात की। जब भीतर से कोई जवाब नहीं आया तो ऋषि को लगा कि उसे ग़लत मान लिया गया है। उसने सफ़ाइयाँ देनी शुरू कर दीं।

"मैं ऐसा हूँ नहीं जैसा तुम समझ रही होगी।"

"वो टायर पंक्चर... हो... गया... था।"

"साँकल भी तो ठीक से... लगाना... चाहिए... था।"

"वैसे मैंने कुछ नहीं देखा।"

"मेरी कोई ग़लती नहीं है।" ऋषि ने भयाक्रांत होकर बेसिर-पैर की बातें की।

"ग़लती तो आपकी शैंपू की बोतल में बंद है।" आवाज़ फिर चंचल हुई। ऋषि अब रक्तरहित हो गया। वह कुछ क्षण सकते में रहा और जब बोला तो बस इतना ही बोल पाया,

"देखो, किसी से कुछ कहना नहीं।"

"एक शर्त है जी।" भीतर से आवाज़ फिर बदमाश हुई।

"क्या?" ऋषि ने पूछा।

"आप मुझे भी पढ़ाएँगे।" मनु ने सवाल नहीं किया था; सीधी शर्त रखी थी। शर्त भी ऐसे वक़्त जिसे मानने के सिवा ऋषि के पास कोई चारा नहीं था।

"ठीक है।" ऋषि ने कहा और चुप हो गया।

मोहल्ले में और दोस्तों में भी ऐसा कोई नहीं था जो ऋषि को शर्त दे सके और चुप भी करा सके। मनु ने यह दोनों काम एक साथ कर दिए थे। ऋषि बहरहाल चुपचाप खड़ा था।

"आप पहरेदारी करते रहेंगे तो मैं बाहर नहीं निकल पाऊँगी।" चुहल भरी आवाज़ फिर ऋषि के कानों में आई। वह फिर शर्मिंदा हुआ।

"जाता हूँ।" कहता हुआ वह पीछे मुड़कर कमरे का ताला खोलने लगा। ऋषि के आँखों का 'शर्म' चुपके से अपने कमरे में दाख़िल हो गया।

मनु के आँखों का 'प्रेम' कुछ क्षणों बाद ही होंठों पर मुस्कुराहट और हाथों में कपड़े की गठरियाँ लिए हुए दबे पाँव सीढ़ियाँ चढ़ गया।

मनु ने महसूस किया कि प्रेम दबे पाँव ही सिर चढ़ता है।

मैं कर आई ठिठोल सखी री

ट्यूशन का आज पहला दिन था। ऋषि आया। उसने चप्पल बाहर पाँवपोश पर उतारे और क़रीने से सोफ़े पर बैठ गया। मनु की माँ आईं। उन्होंने एक गिलास पानी और चार बिस्किट एक प्लेट में रख दिए। पढ़ाई से उन्हें कुछ ख़ास जुड़ाव न था। इसलिए वह दूसरे कमरे में चली गईं। ऋषि ने एक बिस्किट उठाई ही थी कि सीने पर किताबें और मुँह में पेन दबाए मनु आती दिखाई दी। ऋषि ने उसे देखते ही बिस्किट वापस प्लेट में रख दी। मनु को यह देखकर फिर हँसी आ गई। उसने अपनी मुस्कुराहट छिपाई और टेबल के दूसरी ओर बाँस की बनी कुर्सी पर बैठ गई।

"किस... ?" ऋषि ने थूक घोंटते हुए बात शुरू ही की थी कि इतने पर ही मनु ने टोक दिया।

"किस ? मम्मी जी!" मनु ने बनावटी डर दिखाते हुए माँ को पुकारा। अर्थ का अनर्थ निकलते देख और मम्मी जी की पुकार से ऋषि और घबरा गया।

"की होया ?" दूसरे कमरे से आवाज़ माँ की आई।

"पानी मैनूँ वी।" मनु को बात बदलनी ही थी; बदल दी और सवालिया नज़रों से ऋषि को देखने लगी।

"ले-ले उठ के।" माँ की आवाज़ आई जिससे मनु को कोई मतलब ही नहीं था। उसे तो मतलब ऋषि के जवाब से था।

"मेरा मतलब है किस अध्याय से शुरू करें ?" ऋषि ने बहुत ही दबी

ज़बान में कहा।

"किस अध्याय। इसका भी कोई अध्याय होता है क्या टीचर सर? मुझे तो लगा कि आप हिंदी पढ़ाएँगे।" मनु ने बंद मुट्ठी की टेक पर अपनी ठोढ़ी ठहराते हुए कहा।

"मेरे कहने का अर्थ है कि कहाँ से शुरू करें?" कहते ही ऋषि को फिर अपनी बात के ग़लत होने का अंदाज़ हो गया। वह भी झेंप से उबर ही पाता कि मुस्कुराहट दबाते हुए मनु ने कहा,

"आप बिस्किट से शुरू कीजिए, टीचर सर।" कहते हुए मनु ने बिस्किट की प्लेट आगे खिसका दी।

"आपको पढ़ना क्या है?" ऋषि ने अब ढीठाई से सीधा मुद्दे की बात की।

"हाँ, अब पूछी सही बात। तब से जाने क्या-क्या कह रहे थे। सब कुछ पढ़ना है टीचर सर। सामान्य ज्ञान की तो हालत गंभीर है।" मनु ने चेहरे पर चिंता लाते हुए कहा।

"जैसे?"

"जैसे अब आप रोगों को ही ले लो। कितने तो रोग हैं। दस दफ़ा रट गई। मगर जब सेट लगाने बैठती हूँ तो कीटाणु, जीवाणु, विषाणु सब गड्ड-मड्ड हो जाता है।" मनु ने कहा।

मनु की चिंता सही थी। वह कीटाणु और विषाणु वाले रोग में भ्रमित हो जाती थी।

"यह तो सचमुच बड़ी समस्या है। यह तब भी नहीं सुलझ पाई थी जब 'नीटा' ने 'अक्षय' को काट लिया था।" ऋषि ने सोफ़े पर ज़रा पीछे हटते हुए कहा।

"मतलब?" मनु ने पेन का पिछला कोना चबाते हुए पूछा।

"मतलब ये कि पिछले साल ही तीन साल की बच्ची 'नीटा' ने अपने भाई 'अक्षय' को दाँत से काट लिया तो उसके चाचा उसे डॉक्टर के पास ले जाने की जगह चिल्लाने लगे,

"नीटा काटी है अक्षय को, मेडिसिन लाओ! नीटा काटी है अक्षय को, मेडिसिन लाओ! क्या चिल्लाने लगे?" ऋषि ने पूछा।

"नीटा काटी है अक्षय को, मेडिसिन लाओ।" मनु ने असमंजस में घिरते हुए भी दुहराया।

"बहुत अच्छे।" ऋषि ने कहा।

"फिर क्या हुआ!" मनु को कहानी में रुचि आ रही थी।

"फिर? फिर तुम्हें जीवाणु वाले रोग याद हो गए।"

"कैसे?" मनु ने आश्चर्य से पूछा।

"एक बार फिर से दुहराओ।" ऋषि ने कहा।

"क्या दुहराऊँ?" मनु विस्मित हुई।

"वही जो चाचा ने कहा था।" ऋषि ने एक भेद भरी मुस्कान बिखेरते हुए कहा।

"चाचा ने कहा कि नीटा काटी है अक्षय को, मेडिसिन लाओ।" मनु ने दुहरा दिया।

"बढ़िया! अब देखो-

नी से निमोनिया।

टा से टायफाइड

का से काली खाँसी

टी से टिटनस

है से हैजा

अक्षय से क्षय रोग

को से कोलेरा

मे से मेनिनजाइटिस

डी से डिप्थीरिया

सी से सिफलिस।

ये सारे बैक्टीरिया वाले रोग हैं जो तुम्हें याद हो गए।" ऋषि ने इस आश्वस्ति से कहा जैसे कोई बच्चे को जादू की तरकीब बताता है।

"ओ तेरी की!" मनु का मुँह अविश्वास से खुल गया जिसपर उसने हथेली रख ली। उसके लिए यह सचमुच ही किसी चमत्कार सरीखा था। उसने इस तरह से पढ़ाई के बारे में सोचा ही नहीं था। उसने दो-तीन बार ख़ुद में ही वह लाइन दुहराई और आश्वस्त हो गई कि उसे याद हो गया है।

इसी बीच बैठे-बैठे ऋषि ने जब उसकी कॉपी पलटनी शुरू की तो उसके चेहरे पर मुस्कान तैरती गई। उसने देखा कि कॉपी में दो-चार पन्नों के बाद नियमित अंतराल पर फ़िल्मी गीत, माहिये और पंजाबी लोकगीत लिखे हुए हैं। फ़िल्मी गीतों में जहाँ लाइनों के दुहराव हैं वहाँ 2 लिखा है।

गीत के प्रारंभ के आलाप की जगह आ-आ-आ-आ भी लिखा देख उससे हँसी नहीं रुकी। उसको मुस्कुराते देख मनु को एहसास हुआ कि ऋषि ने उसकी पढ़ाई देख ली है। मनु ने कॉपी छीनते हुए फ़ौरन ही कहा,

"ये तो बैक्टेरिया वाले हो गए। अब वायरस वाले कैसे याद होंगे?"

"उसके लिए एक लेखक का नाम याद करो- पोट्रे चेखव।"

"पोट्रे चेखव, पोट्रे चेखव, पोट्रे चेखव।" मनु ने तीन बार रटते हुए कहा-

"याद हो आया। अब?"

"अब सुनो-

पो से पोलियो

ट्रे से ट्रेकोमा

चे से चेचक

और ख से खसरा

ये सारे तुम्हारे विषाणु वाले रोग हो गए।" ऋषि ने क़लम के पिछले भाग को मेज़ पर खटखटाते हुए बताया।

"वाहेगुरु! इत्ता आसान! और मैं इन्ने सालों से रटती-भूलती आ रही थी।" कहते हुए मनु के भाव ऐसे थे जैसे वह बात को लेकर कितनी गंभीर हो। ऋषि भी यही समझ रहा था। तबतक जबतक मनु ने अगला सवाल नहीं कर दिया,

"टीचर सर, शराब पीने से कौन-सा रोग होता है?"

सवाल ऋषि को थोड़ा विचलित तो कर गया। मगर फिर भी वह अभी तक मनु के अभिप्राय को नहीं समझ पाया था। उसने कहा,

"लीवर संबंधी रोग। गुर्दे ख़राब हो जाते हैं।"

"ओह! हाँ अच्छा। और शैंपू पीने से?" कहते वक़्त मनु ने गंभीर रहने की कोशिश तो की मगर उसकी आँखें मुस्कुरा उठी। ऋषि असहज हो

गया। वह अब उसकी बात का मतलब समझा। मनु की बदमाशियाँ समझने में उसे थोड़ा वक़्त तो लगना था। वह दोस्तों में उच्छृंखल ज़रूर था; मगर लड़कियों से बात करने की मुखरता उसमें नहीं थी। पढ़ाई भी उसने लड़कों के स्कूल से पाई थी और फिर मनु से मनु के घर में जीत पाना असंभव से ज़रा भी कम नहीं था। इसलिए ऐसी स्थिति में महज़ मुस्कुराकर उठ जाना उसके लिए सबसे आसान रास्ता था।

"कल आएँगे न टीचर सर?" मनु ने क़लम का ढक्कन मुँह में दबाए हुए ही कहा। ऋषि जवाब में बस मुस्कुरा दिया। ऋषि बिना जवाब दिए घूम गया। मनु बिना जवाब सुने भी झूम गई।

मनु ने सीखा कि मुस्कुराहटें सीधी याददाश्त में घर बना लेती हैं। उन्हें रटकर ज़ेहन में बिठाना नहीं पड़ता।

***

ऋषि को ट्यूशन पढ़ाते लगभग एक महीना हो गया था। उसे एहसास तो था कि मनु की पढ़ाई में नहीं बल्कि उसके सामीप्य में रुचि है और यह ट्यूशन उसी सामीप्य का बहाना भर है। ऋषि विषय ही मनु का था। उसकी छेड़ में ही मनु को आनंद आता था। वह उसके साथ होने मात्र से ही पूर्ण हो जाती थी। ऋषि पढ़ाता रहता और वह कॉपी पर मछलियाँ, तितलियाँ, पत्तियाँ, बादल, आकाश इत्यादि बनाती रहती। कभी-कभी तो पेन चबाते हुए खिलखिला उठती। पूछने पर 'कुछ नहीं' के अलावा कुछ नहीं कहती। कभी वह क़लम की नोंक टूट जाने का बहाना करती तो कभी रिश्तेदारों की शादियों की कहानियाँ सुनाने लगती। बौद्ध ग्रंथों के नाम याद करते वक़्त आम्रपाली से लेकर वैजयंतीमाला बाली तक पहुँच जाती। ऋषि ने उसे पढ़ने पर दो-एक बार सख़्ती से कहा था; मगर ऐसा करने पर वह या तो ठेठ पंजाबी में कुछ भुनभुना जाती जो ऋषि के समझ से बाहर की चीज़ होती या फिर शैंपू-शैंपू की रट लगा देती। ऋषि से गाँव-घर की बातें पूछती। झिड़के जाने पर बुरा-सा मुँह बनाकर फिर कॉपी में सिर घुसा लेती।

ऋषि को असहज करने वाले सवालों की पूरी सूची उसके पास रहती थी। आज भी उसका सवाल पहले से तैयार था जिस कारण वह मन-ही-मन

हँसे जाती थी। उसे पता था कि ऋषि ऐसे सवालों पर विचलित हो ही जाता है और उसके चेहरे की हवाइयाँ देखकर मनु को एक अजीब-सा सुकून आता था। वह केवल उस चेहरे के भाव के सहारे पूरी रात आँखों में काट सकती थी।

"टीचर सर, ये रिश्तेदारी वाले सवाल भी परेशान करते हैं मुझे। समझ ही नी औंदे।"

"कौन से, दिखाओ?" ऋषि ने किताब लेने के लिए हाथ आगे बढ़ाते हुए कहा।

"ये वाले। सोनू की माँ के इकलौते भाई की इकलौती बहन का बेटा सोनू का क्या लगेगा? अब मैनूँ की पता क्या लगेगा? ये इतनी बार इकलौते-इकलौते, माँ, भाई, बहन करते हैं कि दिमाग़ का फूफा हो जाता है।" मनु ने किताब आगे बढ़ाते हुए कहा।

"ये तो बहुत आसान है। ऐसे सवालों में कुछ नहीं करना, बस सोनू की जगह ख़ुद को रख लो। फ़ौरन बन जाएँगे। कर के देखो।" ऋषि ने कहा।

"मेरी माँ के इकलौते भाई मतलब बरनाले वाले मामा। उनकी इकलौती बहन मतलब मेरी माँ। माँ का बेटा यानी कि मेरा भाई। मेरा भाई! मेरा भाई लगेगा न टीचर सर?" मनु ने चहकते हुए कहा।

"हाँ। बिलकुल सही। मगर भाई तुम्हारा नहीं, सवाल वाले सोनू का।" ऋषि ने मुस्कुराते हुए कहा।

"हाँ हाँ वही। यह तो बहुत ही आसान जंतर रहा। ऐसे ही जंतर दे दिया कीजिए टीचर सर; पक्का पास हो जाऊँगी।" मनु ने ख़ुशी से लगभग कूदते हुए कहा।

"कोई जंतर नहीं है। रिश्ते वाले सवाल ऐसे ही हल होते हैं।" ऋषि ने किताबों को पलटते हुए कहा। मनु एक क्षण ख़ामोश रही और फिर अपने असली मुद्दे पर आई।

"अच्छा, रिश्ते से याद आया। आपने कभी बताया नहीं कि आपके घर में कौन-कौन है?"

"कोई नहीं।" ऋषि ने सपाट-सा जवाब दिया।

"कोई नहीं मतलब। आपने अवतार लिया था क्या?" मनु ने तंज़ में

कहा।

"माँ जन्म देते वक़्त गुजर गईं और पिताजी प्लांट में काम करते वक़्त मशीन की नज़र हो गए।" ऋषि ने बहुत ही नीरस भाव से कहा। उसके चेहरे के भाव को देखते हुए मनु एक क्षण रुकी और फिर कहा,

"हम्म! तो मतलब बिलकुल अनाथ हैं।" मनु ने 'हैं' को इस कदर लंबा खींचा कि ऋषि को उसके भोलेपन पर ग़ुस्से की जगह हँसी आ गई।

"फ़िल्में कम देखा करो!" ऋषि ने मुस्कुराते हुए ही कहा।

"मैंने कुछ ग़लत कह दिया क्या टीचर सर?" मनु ने घबराकर पूछा।

"हाँ।" ऋषि ने हँसते हुए ही जवाब दिया।

"कोई गल नी। कह दिया सो कह दिया। फाँसी थोड़े न दोगे जी आप? अच्छा, एक होर गल दसीं। फ़िल्में देखते हो आप?" मनु ने रुकते-ठहरते अपनी बात कही।

"नहीं।" ऋषि ने सीधा-सा जवाब दिया।

"क्यों?" मनु ने तनकर ऐसे कहा जैसे फ़िल्में न देखकर ऋषि कोई बड़ा पाप कर रहा हो। किसी मौलिक आवश्यकता से वंचित रह गया हो।

"क्योंकि फ़िल्में देखने वाले कॉपियों में भी वासू-सपना और जयकिशन-राधा लिखने लगते हैं। यह एक आदत है। जिसे यह आदत लग जाए उसकी ज़िंदगी पर बर्बाद हो जाती है।" ऋषि ने मनु की कॉपियों में लिखी बातों पर ही तंज़ करते हुए कहा। मनु तंज़ समझ गई। उसने एक क्षण को बुरा-सा चेहरा बनाया और दूसरे ही क्षण जवाब दिया,

"हूँ। ठीक कह रहे हो जी आप। बुरी आदत है बहुत। मुझे भी ना... शैंपू ही पीनी चाहिए थी। ज़िंदगी आबाद रहती।"

मनु के इस हमले पर ऋषि को फिर भी ग़ुस्सा नहीं आया। उसे उसकी हाज़िर जवाबी पर फिर हँसी आई। उसे हँसते देख मनु का ग़ुस्सा और भड़क गया उसने 'हुंह' कहते हुए होंठ फिर से दाईं ओर बिचकाए। अभी ऋषि कोई और बात कहता तबतक दरवाज़े पर दस्तक हुई। मनु ने उठकर दरवाज़ा खोला। माँ बाज़ार से आ गई थीं। उनके हाथ से सब्ज़ी की थैली लेकर मनु किचन में रखने चली गई। मनु की माँ को देखकर ऋषि ने बैठे हुए ही सिर झुकाकर प्रणाम किया। मनु की माँ भी एक वात्सल्यपूर्ण मुस्कान देकर

किचन में चली गईं, किचन में जाकर उन्होंने मनु को दस-दस के पाँच नोट दिए और ऋषि को देने को कहा। मनु पैसे लेकर ऋषि के पास आई। उसने ऋषि के ठीक सामने बैठकर दस के पाँच नोटों को पाँच बार गिना और फिर उसमें से दस का एक नोट मोड़कर रख लिया। बाक़ी के चार नोट ऋषि को देते हुए मनु ने धीमे से कहा,

"लो जी। मेहनाताना। हाँ, मगर दस रुपए कट गए।"

"किस बात के ?" ऋषि ने चेहरे पर मुस्कुराहट बनाए हुए ही कहा।

"आप पढ़ाते कम हैं; बातें बहुत करते हैं।" मनु ने सीने पर हाथ बाँधे हुए डोलते हुए कहा।

मुस्कुराते हुए ही ऋषि ने उससे चालीस रुपए लिए और बाहर निकल गया।

मनु ने दस रुपए यूँ ही नहीं लिए थे। आने वाले शुक्रवार को उसे अपनी सहेलियों के साथ 'बेताब' फ़िल्म देखने जाना था। छाबड़ा साहब ने रज़ामंदी तो दे दी थी। मगर टिकट के साथ-साथ सहेलियों पर ख़र्च के लिए वे तैयार नहीं हुए थे। ऋषि का दस रुपया उसी की भरपाई थी।

पियु का भेद न पाऊँ सखी री

स्थान कुलदीप टॉकीज़, चास के सिनेमा हाल का टिकट काउंटर। मनु जो फ़िल्म 'बेताब' देखने को न जाने कितने दिनों से इंतज़ार कर रही थी; जिसे सारे गाने, गीतकार और गायकों के नाम के साथ कंठस्थ थे अब अपनी चार दोस्तों के साथ उदास खड़ी थी। काउंटर पर की भीड़ और भीड़ की धक्का-मुक्की देखकर वह क़दम-दर-क़दम पीछे हटती जाती थी। लोग हैं कि लुटेरे! मरने-मारने पर उतारू। लड़कियों को देखकर भी जगह नहीं देते। उसने सोचा कि लड़कियों के लिए अलग कतार की व्यवस्था होनी चाहिए। वह भीड़ की चीख़, चिल्लाहट, शोर और गालियाँ सुनकर हतोत्साहित हो गई थी। छोटे शहरों में फ़िल्में काफ़ी देर से पहुँचती हैं और जबतक पहुँचती हैं उससे काफ़ी पहले उनके सफल या असफल होने की सूचना तैर जाती है। यह फ़िल्म सफल थी और कोई आश्चर्य नहीं कि लोग टिकट खिड़की पर मरने-मारने को उतारू थे। जो भी हो, मनु ने मान लिया था कि जिस फ़िल्म के गाने 'गीतमाला' पर सुनते-सुनते उसने रेडियो की घुंडी तोड़ दी है, वह फ़िल्म वह अब नहीं देख पाएगी। आख़िर रोज़-रोज़ न दोस्तों को छुट्टियाँ मिलेंगी और न ही पापा जी उसे रोज़ फ़िल्म देखने जाने की इजाज़त देंगे। उसके हाथ में पड़ा 10 रुपए का नोट पसीने और उसकी खीझ की वजह से मसलकर गोल हो गया था। मनु उदासमना लौटने को मुड़ी ही थी कि प्रज्ञा ने उसे चिकोटी काटी और आँखों के इशारे से सामने की ओर कुछ दिखाया। प्रज्ञा ने जो दिखाया था वह देखकर मनु कुछ देर को ठिठक गई। उसे अपनी

आँखों पर भरोसा नहीं हुआ। वह भौंचक खड़ी रही।

सामने अपने आवारा, लापरवाह और उद्दंड दोस्तों के साथ ऋषि चला आ रहा था। ऋषि जिसकी बुश्शर्ट की काली बाँह के नीचे से सफ़ेद सिगरेट दूर से ही नुमाया हो रही थी। मनु को लगा कि वह शायद कुछ ग़लत देख रही है मगर रहा-सहा शक ऋषि ने अगले ही क्षण सिगरेट को होंठों के बीच दबाकर ख़त्म कर दिया था।

मनु विस्मय से भर उठी। ऋषि जिसने अभी दो दिन पहले ही तो बताया है कि वह फ़िल्में नहीं देखता। अकड़ रहे थे कि उन्हें यह शग़ल नहीं है। ट्यूशन में तो आँखें उठाकर चेहरा तक नहीं देखते और यहाँ देखो, कैसे पोस्टर में झुकी नायिका पर टकटकी लगाए है। शैंपू तो पीते ही थे; यहाँ धुआँ भी निगल रहे हैं। आये बड़े!

ऋषि मनु की उपस्थिति से सर्वथा बेख़बर टिकट काउंटर पर लगी भीड़ का सरसरी मुआयना कर रहा था। एक लंबी कश लगाने के बाद उसने सिगरेट अपने उस दोस्त की तरफ़ बढ़ाई जिस दोस्त की समस्या फ़िल्म की टिकट है ही नहीं। उसे पता है टिकट का इंतज़ाम ऋषि कर ही लेगा। उसकी समस्या यह थी कि धर्मेंद्र ने तो अभी कुछ सालों पहले 'शोले' की हिरोइन से शादी की है; फिर उसका लड़का इतनी जल्दी फ़िल्मों में कैसे आ रहा है? ऋषि ने उसे इस अहमकाना सवाल के लिए झिड़क दिया। उसने एक बार फिर टिकट के लिए मरती-मारती भीड़ पर नज़र दौड़ाई। अपनी कलाई घड़ी खोलकर साथ के दोस्त को दे दी। बुश्शर्ट की बाँहें मोड़ी और एक छोटी दौड़ लगाकर काउंटर पर लगी भीड़ के ऊपर कूद गया। ठीक उनके सिर पर। गालियाँ देती, कसमसाती, पसीने से सराबोर भीड़ अपने सिर पर चढ़े ऋषि का बोझ बर्दाश्त नहीं कर पाई और उसे नीचे गिरा दिया। ऋषि यही चाहता भी था। वह सीधे टिकट काउंटर के आगे गिरा। खड़ा हुआ और जद्दोजहद के बीच महज़ कलाई घुस पाने लायक़ टिकट काउंटर में हाथ घुसेड़ दी। काउंटर के भीतर उसकी मुट्ठी खुली। खुली मुट्ठी से पैसे छूटने के साथ ही उसने उँगलियों से चार का इशारा किया। टिकटवाले ने उसके हाथ में लाल रंग के चार टिकट पकड़ा दिए। लोगों की गालियों, शरीर की रगड़ और धक्का-मुक्की के बीच ऋषि टिकट वाला हाथ आसमान की ओर

किए विजयी भाव से बाहर निकल आया।

बाहर आकर ऋषि ने अपनी कलाई पर घड़ी बाँधी। शर्ट की बाँहों को खोलकर पूरा किया और छाती के दो बटन खोलकर गाय के कान जितने बड़े अपने शर्ट के कॉलर से हवा करने लगा। ऋषि के दोस्तों ने उसके हाथ से टिकट ली और सिनेमा हाल की ओर बढ़े। ऋषि थोड़ी देर खड़ा पसीने सुखाता रहा। मनु ने यह पूरा माजरा विस्मय से मुँह खोले हुए ही देखा। कानों सुनी को आँखों देखी में शब्दशः परिवर्तित होते देखना अचंभित कर ही देता है। वह कुछ क्षण तो काठ हुई खड़ी रही मगर अचानक कुछ सोचकर उसकी आँखें चहक उठीं। उसे आस दिखी। उसे लगा कि अब वह ख़ाली हाथ नहीं लौटेगी। वह आगे बढ़ी; फिर कुछ सोचकर रुक गई। वह प्रज्ञा की ओर मुड़ी और प्रज्ञा के दुपट्टे में लगे सेफ़्टीपिन निकालकर अपने दुपट्टे में लगा लिया। कपड़े को हाथों से ही इस्त्री किया और तेज़ कदमों से चलती हुई सीधा ऋषि के पीछे आकर खड़ी हो गई।

"सुनिए।" उसने ऋषि के ठीक पीछे से बड़ी ही कर्णप्रिय आवाज़ में कहा। ऋषि पीछे से आती आवाज़ का चेहरा देखकर अवाक् रह गया।

"तुम! तुम यहाँ क्या कर रही हो?" ऋषि जैसे-तैसे यही कह पाया।

"पिक्चर देखने आई हूँ।" मनु ने जवाब दिया और जवाब देते ही उसे ऋषि की आँखों में दूसरा सवाल दिखाई दिया।

"पापा से पूछकर आई हूँ। कॉलेज से भागकर नहीं आई। लेकिन यहाँ तो टिकट ही नहीं मिल रही।" उसने फ़ौरन दूसरा जवाब और अपनी समस्या बता दी। ऋषि उसकी समस्या समझ गया; मगर उसकी भी अपनी एक समस्या थी। वह यहाँ ज़्यादा देर उसके साथ खड़ा नहीं रह सकता। उसे दोस्तों के देख लेने और दोस्तों के बीच बतंगड़ बन जाने का डर था। इसलिए उसने मनु को टालने के लिहाज़ से ही कहा,

"अभी तो है यह सिनेमा। कल देख लेना।"

"कल कहाँ छुट्टी मिलेगी और पापा ही कहाँ रोज़-रोज़ आने देंगे?" मनु की आवाज़ रुआँसी हो आई।

"आज भीड़ बहुत है और दूसरी कोई लड़की भी नहीं है। घर जाओ।" ऋषि ने फिर भी उसे टाला।

"हैं ना! मेरी तीन दोस्त और हैं। मनु लगभग चहक उठी।" उसे लगा कि तीन-चार दोस्त होने से टिकट की संभावना बन जाएगी। मगर फिर वह ऋषि की आँखें देखकर सहम गई। कुछ देर रुकी और धीमी आवाज़ में कहा,

"मैं तो घर ही जा रही थी कि प्रज्ञा ने कहा कि ऋषि भैया के होते भी अगर टिकट नहीं मिली तो क्या फ़ायदा!" कहकर मनु ज़मीन देखते हुए क़दम-क़दम पीछे हटती गई। यह हालाँकि सोच-समझकर, जानबूझकर कही हुई बात थी। यह पौरुष पर प्रहार था, मर्दानगी को चुनौती।

जिसका अनुकूल असर हुआ।

ऋषि ने दो क्षण को अपने दोस्तों की ओर देखा जो कब के सिनेमा हाल में प्रविष्ट हो गए थे। उसने पाँव पटककर जूते की धूल निकाली। अपनी कलाई घड़ी खोलकर मनु को थमाया। क़ुर्ते की बाँहें चढ़ाई और थोड़ी ही देर में फिर भीड़ का हिस्सा हो गया। भीड़ के सिर पर सवार और फिर अचानक भीड़ में अदृश्य।

दो मिनट के शोर के बाद जब वह फिर दिखा तो उसकी मुट्ठी फिर बंद थी और बंद मुट्ठी में चार लाल टिकट बंद थे।

हाथ से टिकट झपटते हुए मनु बच्चों-सी ख़ुश हो गई। उसकी साथिनें दौड़ती हुई उसके पास चली आईं। चारों लड़कियाँ जल्द-अज-जल्द सिनेमा हाल में प्रविष्ट हो जाना चाहती थीं। मनु ने एक हाथ से टिकट लेते वक़्त दूसरे हाथ की मुट्ठी खोलकर ऋषि को चार टिकट के पैसे दिए। ऋषि ने उसे आँख तो दिखाई मगर उसकी सहेलियों के बीच मुद्दा बनने से बचने के लिए चुपचाप पैसे उठा लिए। चहकते हुए मनु अपने दोस्तों के साथ सिनेमा हाल की ओर बढ़ चली। वह यह भी भूल चली थी कि उसे क़ायदन ऋषि को शुक्रिया कहना चाहिए था। हाँ, मगर ऋषि को याद रही। ऋषि को याद रही वह बात जो जाते वक़्त मनु अपने दोस्तों से कह रही थी। मनु कह रही थी कि काश! बादल यूँ गरजता है, गाना फ़िल्म में दो-तीन बार हो तो मज़ा ही आ जाए। ऋषि यह भी याद रखता है कि आज पहली दफ़ा उसने कुछ अजीब महसूस किया है। कुछ-कुछ वैसा जिसे अगर वह दृश्य दे तो सिनेमाई पर्दे के भाव जैसा ही कुछ होगा। प्यार जैसा कुछ। भाव का असर

यह है कि सिनेमा हाल में गीत 'बादल यूँ गरजता है' तीन बार ही चलाया जाता है। सिनेमाहॉल में भी ऋषि की आँखें परदे से ज़्यादा सीटों की ओर भटकती हैं।

ऋषि यह जान पाता है कि आँखें अँधेरों में आवाज़ से देखती हैं।

सखी री, दीन न जानूँ

रमाकांत ठाकुर का सैलून मोहल्ले के शॉपिंग सेंटर में हर प्रकार की गोष्ठियों का अड्डा था। यही एक जगह थी जहाँ कम-से-कम चार लोग आधे घंटे बैठे हुए केवल मुँह चला सकते थे। अपनी बारी का इंतज़ार करते लोग किसी भी तरह की बहस में शामिल हो जाते थे। कपिल-गावस्कर मनमुटाव हो, सयुंक्त राष्ट्रसंघ का दबाव हो या विधानसभा चुनाव हो। राजनीति हो या रक्षानीति। सारे बहस-मुबाहिसों का केंद्र रमाकांत ठाकुर का सैलून ही था। बहस जब कभी गर्म हो जाती तो रमाकांत ठाकुर और उनके तीन कारिंदे 'हिलिए मत! कान कट जाएगा' कहकर संतुलन बनाए रखते। बुज़ुर्गवार रमाकांत ठाकुर की दुकान पर इसलिए जमे रहते क्योंकि रमाकांत ठाकुर अख़बार मँगवाते थे और युवा उनकी दुकान पर इसलिए जुटे रहते क्योंकि उनका एक कारिंदा मुंबई होकर आया था और पूरे शहर में एकमात्र वही मुंबईया नायकों की तरह केश काट सकता था। इसलिए रमाकांत ठाकुर की दुकान पर भीड़ बनी रहती।

शहर बढ़ता जा रहा था और रमाकांत ठाकुर की कमाई भी। कमी थी तो जगह की। रमाकांत ठाकुर के पास बमुश्किल चार लोगों के बैठने की जगह थी। वह और जगह भाड़े पर लेना चाहते थे; मगर उनसे लगी 'सैनी इलेक्ट्रॉनिक्स' की दुकान थी जिसके मालिक सतनाम सैनी उनकी पूरी कमाई जितने लोगों को दुकान पर नौकर रखते थे। रमाकांत ठाकुर के पास इच्छा को दबा लेने के अलावा कोई चारा नहीं था। इसलिए उन्होंने मन मसोसकर

दुकान के आगे ही बेंच डालकर इंतज़ारी वालों की व्यवस्था की थी।

आज जब ऋषि दुकान पर बैठा अख़बार पढ़ते हुए ही अपनी बारी का इंतज़ार कर रहा था तो उसने देखा कि सतनाम सैनी की दुकान के बाहर छाबड़ा साहब मोढ़े पर बैठकर धूप सेंकते हुए सतनाम सैनी से ही बातें कर रहे हैं।

"नमस्ते अंकल।" ऋषि ने बीच में टोका।

"नमस्ते बेटा। कैसे हो?" छाबड़ा साहब ने पूछा।

"अच्छा हूँ अंकल। मगर यह पंजाब को क्या हुआ है?" ऋषि ने अख़बार देखते हुए बात बढ़ाई।

"क्यों। क्या हुआ पंजाब को?" छाबड़ा साहब से पहले सैनी जी बोल पड़े।

"रमेश चंदर की हत्या हो गई। पंजाब केशरी वाले। दिन दहाड़े! इनके पिता को भी तो पहले मारा गया था ना! लाला जगतनारायण को?" ऋषि ने अख़बार में नज़र गड़ाते हुए कहा।

"हाँ, तो जो बोएगा वही तो काटेगा।" सैनी साहब ने थोड़े तैश में ही कहा। जिसपर छाबड़ा जी ने उनकी जाँघ पर थपकी देकर शांत होने का इशारा किया।

"और नुशेरा में बस से उतारकर जिन 6 लोगों को काट दिया, उन्होंने क्या बोया था सरदार जी?" ऋषि के साथ अपनी बारी के इंतज़ार में बैठे एक दूसरे आदमी ने कहा। जिसके जवाब में सैनी जी दाँत पीसकर रह गए। उनकी कलाई छाबड़ा साहब ने पकड़ रखी थी।

"ढिलवाँ में भी बस से उतारकर 4 लोगों को काट दिया।" एक और आवाज़ आई।

"यह तो रोज़ की ख़बर है अब। बाहरी मज़दूर केश बढ़ाकर सिख दिखने को मजबूर हैं वहाँ।" किसी ने कहा।

"नरक बना रखा है पंजाब को इन आतंकवादियों ने।" दोनों को कुछ कहता न देखकर किसी ने फिर कहा।

"जुझारू।" अबकी बार छाबड़ा साहब गला साफ़ करते हुए कहा।

"जी। समझा नहीं।" ऋषि ने छाबड़ा साहब की ओर देखते हुए

कहा।

''जिन्हें तुम आतंकवादी कहते हो न। उन्हें पंजाब में जुझारू कहते हैं। क़ौम के सिपाही। जानकारी अच्छी चीज़ है बेटे, मगर पूरी। अख़बार पढ़कर राय नहीं बनाते। तुम्हें ढिलवाँ, नुशेरा, लुधियाना लिए पूरे पंजाब की ख़बर है बेटे। मगर बेगूसराय में मज़दूरों की हत्या की ख़बर पढ़ी क्या? नहीं न। दरअसल, वह पंजाब के अख़बारों में होगी और तुम्हारे अख़बार में पंजाब की। धनबाद में कोयला खदानों में काम करने वाले मज़दूरों में नए तरह का रोग हो रहा है। मगर चर्चा हम यहाँ के लोगों की नहीं बल्कि वहाँ के 'लोंगोवाल' की करेंगे। क्योंकि वे नहीं चाहते कि वहाँ के लोग उनका सच जाने। ठीक उसी तरह जैसे हम अपना सच नहीं जानना चाहते। तुमने पंजाब की बात यह दस्तार देखकर छेड़ी थी शायद। हम पंजाब की बात क्यों कर रहे हैं? हम जहाँ हैं, वहाँ की बात क्यों नहीं करते? क्योंकि दूसरों के घाव दिखाकर हम अपने घाव छिपाना चाहते हैं।'' छाबड़ा साहब समझाते हुए एक साँस में कह गए। एक क्षण को ही रुके और फिर कहा,

''और हाँ! खालसा का सवाल तारीख़ी है बेटे। समझे जाने की ज़रूरत है इसे। यह पान की दुकानों और चायख़ानों में हल नहीं होने की।''

रमाकांत की दुकान पर मुर्दा-ख़ामोशी छा गई। इतनी जानकारी किसी को थी भी नहीं। सब सुनी-सुनाई बातों पर बतकही बढ़ाने वाले लोग थे। कुछ लोग जो सहमत नहीं भी थे वे भी बात न बढ़ाने के गरज से चुप ही रहे। जब कुछ क्षणों तक कोई कुछ नहीं बोला तो छाबड़ा साहब माहौल को हल्का करने के लिए ख़ुद ही बोल पड़े-

''अरे पंजाबी से याद आया। बेटे, वो लालाजी का पुत्तर कप्तान बनेगा या नहीं?''

''कौन, मोहिंदर अमरनाथ?'' ऋषि ने सवाल के जवाब में सवाल किया।

''हाँ-हाँ वही।'' छाबड़ा साहब ने कहा।

''टीम में रह जाए वही बहुत है अंकल। फ़ॉर्म ख़राब है आजकल। लाला जी कमेंटरी कर रहे हैं। यह भी वही करे तो अच्छा है।'' ऋषि ने

*लोंगोवाल- हरचरण सिंह लोंगोवाल

जवाब दिया।

"अरे नहीं। अभी पाकिस्तान का दौरा है। तेज़ गेंद उससे बेहतर कौन खेलता है देशभर में! तू देखना, एक दिन कप्तान बनेगा मेरा शेर।" कहकर घुटनों पर हाथ रखकर छाबड़ा साहब उठे और सैनी के कंधे पर हाथ रखने के बाद घर की ओर चल दिए।

रमाकांत ठाकुर ने आज पहली बार जाना कि सिख, हिंदू नहीं होते।

सखी री, मोहन रूठे

ऋषि इतवार को छोड़कर रोज़ ही ट्यूशन पढ़ाने आता था। ऋषि जान तो गया था कि मनु की पढ़ने में नहीं बल्कि उसके साथ बैठने में दिलचस्पी है। फिर भी वह ट्यूशन पढ़ाने आता था। उसे भी मनु के चुहल की आदत-सी हो गई थी और फिर ऋषि को यहाँ की चाय बहुत अच्छी लगती थी। उसे खाना बनाने से आलस था और पिता के जाने के बाद से ही वह दोपहर की भूख को चाय से मारता आया था। वह शहर भर के सारे चायख़ाने नाप चुका था; मगर यहाँ जैसी चाय उसने शहर भर में नहीं पी थी और फिर वह पढ़ाई संबंधी कार्य को ईमानदारी से करने में ही विश्वास रखता रहा था। इसलिए ऋषि मनु को पढ़ाने इतवार के अलावा रोज़ ही आता था। आज फिर ऋषि ठीक तीन बजे ट्यूशन पढ़ाने ऊपर आया। उसके हाथ में राजनीति की किताब और संविधान की कुंजिका थी। उसने दरवाज़े की कुंडी खटखटाई। दरवाज़ा मनु ने ही खोला। उसे देखकर हँसी और उसी क्षण हाथ में किताबें देखकर होंठ दाईं ओर बिचका दिए। ऋषि समझ गया कि इसे आज पढ़ने का मन नहीं है। चप्पल खोलकर भीतर दाख़िल होते हुए उसने फिर सोचा कि इसका पढ़ने का मन होता ही कब है! वह आकर बाँस के सोफ़े पर बैठ गया। सोफ़े पर मनु की नयी कॉपी रखी हुई थी। उसने कॉपी उठाई और यूँ ही पलटना शुरू किया। मनु ने पहले ही पन्ने पर गीत बिगाड़ कर लिखा था,

"हर मुलाक़ात का अंजाम पढ़ाई क्यों है।"

ऋषि अभी यह पढ़कर मुस्कुरा ही पाया था कि मनु किचन से चार

बिस्किट और पानी का गिलास लिए हुए आई।

"आंटी नहीं हैं क्या?" ऋषि ने वाजिब सवाल पूछा। क्योंकि चाय बिस्किट देने का काम वही किया करती थीं।

"नहीं। बाज़ार गई हैं।" मनु ने क़रीने से बैठकर पाँव पर के क़ुर्ते को सहेजते हुए कहा।

"अच्छा, तभी पढ़ने का मन नहीं है। आंटी के डर से पढ़ने बैठती हो?" ऋषि ने हँसते हुए कहा।

"मैं किसी कोल नी डरदी। आए बड़े!" मारे खीझ के मनु ने होंठ बिचकाते हुए कहा।

"अच्छा, तो बताओ क्या करने का मन है?" ऋषि ने हँसते हुए पूछा।

"बुझारताँ सुलझाओगे आप?" मनु ने फ़ौरन आँखें चमकाते हुए कहा।

"ये क्या होता है?" ऋषि ने अचरज से पूछा।

"अरे पहेली! पहेली सुलझाओगे? मैनूँ ते बोत सारियाँ औंदियाँ ने।" मनु ने बच्चों-से कौतुहल से कहा।

"पढ़ाई पहले।" ऋषि ने थोड़ी कड़ी आवाज़ में कहा।

"हुंह! सीधे-सीधे नहीं कह सकते कि मनु तुझसे हार गया। आए बड़े!" मनु भुनभुनाई।

"अच्छा पूछो।" ऋषि ने मनु का मन रखते हुए कहा। मनु तो जैसे इसी का इंतज़ार कर रही थी। वह ऋषि के छूटते ही बोल पड़ी,

"एहो मुँह काले। झुर्रियाँ वाले। बताओ क्या?"

ऋषि ने कुछ देर सोचा; मगर जवाब तक नहीं पहुँच पाया। उसने नाक चढ़ाकर कहा,

"पता नहीं।"

"तो बोलो, हार गए।" कहते हुए मनु ने अपनी हथेली ऋषि की तरफ़ बढ़ा दी। ऋषि ने भी उसका अर्थ समझते हुए उसके हथेली पर ताली देते हुए कहा,

"हार गया। अब बताओ।"

"काली मिर्च टीचर सर! काली मिर्च! इत्ता तो आसान था। अच्छा अब दूसरा।" मनु ने शोख़ी से कहा,

"राजा रानी सुनो कहानी। इक घड़े विच दो रंग पानी?"

कहकर मनु गाल पर हाथ रखकर भौंहे उचकाकर जवाब माँगने लगी। ऋषि जिसे वैसे ही जवाब पता नहीं था, वह मनु के इस तरह देखे जाने से असहज हो गया। उसने फिर जल्दी से कहा,

"पता नहीं।" और मनु के कहने से पहले ही उसके हाथ पर ताली दे दी।

"अंडा टीचर सर। अंडा। आप तो कुछ भी नहीं जानते। केवल पोथी पढ़ने से कुछ नहीं होता। देश-दुनिया की जानकारी भी रखनी पड़ती है।" मनु ने कहा।

"मुझे पंजाबी की पहेलियाँ कहाँ से मालूम होंगी भला!" ऋषि ने बचाव लिया।

"अच्छा तो फिर अगली पहेली हिंदी में ही पूछती हूँ। ज़रा बताइए वह कौन-सी जगह है जहाँ 100 आदमी जाते हैं मगर 99 आदमी ही वापस आते हैं?"

मनु ने ऋषि को मौक़ा दिए बग़ैर अगला सवाल दाग दिया। ऋषि को इसका जवाब भी नहीं पता था; मगर चूँकि उसे भी इस खेल में रुचि आ रही थी इसलिए उसने फिर हाथ पर ताली दे दी। जिसका अर्थ था कि वह हार चुका है और अब जवाब मनु देगी।

"श्मशान घाट टीचर सर। वहाँ जाते 100 लोग हैं मगर आते 99 ही हैं।" मनु ने बहुत समझदारी भरे लहज़े में कहा।

"तुम तो बहुत समझदार हो। इतने जवाब पता हैं तुम्हें!" ऋषि ने कहा।

"वो तो हैं। माँ ने बताए हैं। आपकी माँ नहीं हैं ना, नहीं तो आप भी समझदार होते।" मनु ने नासमझी में आहत करने वाली बात कह दी। ऋषि को बुरा तो लगा; मगर वह चुप रहा और चेहरे पर आ गए दुःख को ज़ब्त करते हुए बात पलटनी चाही।

"अब किताब खोलो। पढ़ाई करें।" ऋषि ने तनिक कठोर स्वर में कहा

मगर मनु तो अपने ज़ोम में थी; उसने ऋषि की बात अनसुनी करते हुए अगला सवाल दाग दिया,

"वह कौन-सी जगह है जहाँ 100 आदमी जाते हैं और 101 आदमी आते हैं ?"

ऋषि अबतक मनु के सवालों की सीमा जान चुका था। उसे जवाब देने का मन तो नहीं था मगर यह सोचकर कि यह शायद अंतिम सवाल हो उसने अनमने ही उत्तर दिया,

"अस्पताल।"

"ग़लत जवाब। आप बिलकुल ही निरे हैं।" मनु ने कहा। ऋषि को फिर चोट लगी लेकिन उसने रोष पर क़ाबू पाते हुए पूछा,

"तो सही जवाब क्या है ?"

"सही जवाब है, शादी। जहाँ 100 लोग जाते हैं और 101 आते हैं।" मनु ने किसी शिक्षक-सा समझाते हुए जवाब दिया।

"तुम्हारा सवाल ही ग़लत है!" ऋषि ने अबकी तैश में कहा।

"कैसे ? कैसे ग़लत है सवाल ?" मनु अब और भी चढ़ बैठी।

"अगर अस्पताल में बच्चे का जन्म हो तब भी तो 100 लोग जाएँ तो 101 लोग वापस आएँगे ?" ऋषि ने कहा।

"अरे टीचर सर! आपको कुछ नहीं मालूम। पहले शादी होगी तभी तो बच्चा...।" कहते-कहते मनु रुक गई। उसे अपनी वाचालता का एहसास हुआ; मगर तब तक देरी हो चुकी थी। ऋषि जो किसी और वजह से नाराज़ था उसने इस बात को अपनी नाराज़गी की वजह बना ली।

"पढ़ाई-लिखाई से तो नाता रहा नहीं। यही फ़ालतू की बातें दिमाग़ में घूमती रहती हैं। फ़िल्में देखो और बिना समझे उल-जलूल बोलो।" कहते हुए ऋषि उठकर खड़ा हुआ और मनु जबतक अपनी ग़लती समझ पाती तबतक वह बाहर निकल गया।

मनु ने सीखा कि मन से उठकर नयन तक जाते दुःख को गले में ही घोटना पड़ता है और यह तकलीफ़ गला घोटने से अधिक ही होती है।

पियु बिन बैरी रैन सखी री

तकरार बहाने ढूँढ़ता है। कभी जवाब देना तो कभी जवाब न देना। कभी देखते जाना तो कभी अनदेखा कर जाना। कभी आने में देरी तो कभी जाने की जल्दी। कभी मनुहार की चाह तो कभी कंधों पर फिसलती बाँह। कारण कुछ भी हो सकता है। प्रेमी किसी बात पर रूठ सकते हैं और बेबात मान भी जाते हैं। प्रेम कोई प्रमेय नहीं जो निश्चित साँचे में ही सिद्ध होता है। प्रेम अपरिमेय है।

ऋषि नाराज़ था। इसलिए मनु पर भी एक उदासी तारी थी। ऐसा लगता था कि उसके छाती के बीचोबीच एक हूक-सी अटकी पड़ी है। ऐसे जैसे किसी ने सोए व्यक्ति के सामने अचानक नगाड़े की धौल दे दी हो। आज छुट्टी के दिन यूँ भी ऋषि को पढ़ाने नहीं आना था। फिर भी किसी भी खटके पर वह दौड़कर बालकनी में आ जाती और ऋषि को न पाकर मायूस भीतर चली जाती। माँ ने ध्यान नहीं दिया। अगर ध्यान देती तो पाती कि मनु सुबह से दस दफ़े दरवाज़ा खोल चुकी है और खीझकर बंद कर चुकी थी।

वक़्त गुजरने के साथ मनु की खीझ बढ़ती ही जा रही थी। वह पहले तो दूधवाले पर पानी मिलाने का इल्ज़ाम धरकर बेतरह झल्लाई। बाद में दूध को स्टोव पर चढ़ाकर भूल बैठी। आधा दूध गिर जाने पर रुआँसी हुई। जल्दी-जल्दी पोंछा लगाकर नहाने गई तो झरने के नीचे देर तक रोती रही। नहाकर बाल सुखाते वक़्त जब वह बालकनी में खड़ी हुई तब भी ऋषि नज़र

नहीं आया। आई तो माँ की डाँट। उसे लगा कि उसे 'जप' में शांति मिलेगी। उसे लगा कि उसके सवालों के जवाब 'गुरबानी' में मिल जाएँगे। छाबड़ा साहब ने घर में ही गुरु ग्रंथ साहब का 'परकाश' किया था। वह बैठ गई। सवाल मन में सोचकर उसने गुरु ग्रंथ साहिब खोला। 175वाँ पन्ना खुल गया। उसने अंग पढ़ा–

"मेरे मनि तनि प्रेम लगा हरी बाणु जिऊ
मेरा प्रीतम मित्रु हरि पुरखु सुजाण जिऊ।"

पढ़ते ही उसका जी फिर भटकने लगा। उसे लगा कि अब उसकी स्थिति किसी से बेपर्दा नहीं है। गुरु जी साहब से तो बिल्कुल भी नहीं। 'वाहेगुरु बख्शे' कहकर उसने कान पकड़े और फिर थोड़ी लंबी साँस लेकर सोचा कि उसे 'आज का वाक' ही जप लेना चाहिए। उसने फिर पन्ने पलट दिए। अबकी बार गुरुग्रंथ साहब का अंग था–

"मू लालन सिउ प्रीत बनी
तोरी न तुटे, छोरी न छूटे
ऐसी माधो खींच तनि"

वह एक बार फिर सहम गई। उसे लगा गुरुग्रंथ साहब उसका ही हाल बता रहे हैं। उसे लगा कि हो-न-हो कोई उसका मन पढ़ रहा है। उसने झट पहला पन्ना खोल लिया। मूल मंतर पढ़ लेना ही उसे श्रेयस्कर लगा–

"एक ओंकार सतनाम, कर्तापुरख, निर्मोह, निर्वैर,
अकाल मूरत, अजूनी सैभं गुर प्रसाद"

'मूल मंतर' के पाठ के साथ ही उसने मत्था टेका और उठ खड़ी हुई। उसने फिर घड़ी की ओर टकटकी लगाई। घड़ी उसे आज धीमी चलती मालूम हो रही थी। उसने उसका समय चाभी वाले अलार्म घड़ी से मिलाया। जब दोनों में एक ही वक़्त दिखा तो ग़ुस्से से अलार्म वाली घड़ी की चाभी घुमाने लगी।

दिल दिलासे देने में माहिर होता है। वह हर समस्या का मनोनुकूल समाधान दे ही देता है। इसीलिए स्वयं को ठगना दूसरों के ठगने से कहीं अच्छा होता है। मनु को लगा कि वह नाहक ही परेशान हो रही है। आज एक ही दिन की तो छुट्टी मिलती है ऋषि को भी। किताबें ख़रीदने चला गया

होगा। इतनी सारी किताबें भी तो ख़रीदता है। जाने इतना पढ़कर भी क्या करेगा! एक लड़की के मन की बात तो समझ नहीं सकता! मनु ने सोचा।

दुनिया का समस्त ज्ञान व्यर्थ है यदि आप एक स्त्री मन को नहीं पढ़ पाते।

स्त्री मन। जो एक पल किताबों की ख़रीद के लिए कोसता है वही दूसरे क्षण उन्हीं किताबों को क़रीने से सजाने के सपने भी पोसता है। मनु भी ऋषि के घर को; नहीं-नहीं, अपने घर को सजाने के सपने देखते हुए कब सो गई उसे ख़ुद भी पता नहीं चला। पता चला तो बस यह कि नींद बहुत गहरी आई।

जितनी गहरी नींद आई थी, उठने पर उतनी ही गहरी उदासी फिर तारी हो गई। वह उठी और बालकनी में देर तक खड़ी रही। मगर ऋषि नहीं दिखा। बालकनी से दिखता आसमान पिघलकर लाल हुआ और फिर साँवला हो गया; मगर ऋषि नहीं दिखा। मनु की सोच अब संशय की ओर जाने लगी। ऐसा कौन-सा काम आ गया जो अब तक नहीं लौटे। खाना कहाँ खाएँगे? शायद खाकर आएँ। कहीं ऐसा तो नहीं कि आ ही गए हों और उसी ने न देखा हो। यही सोचकर वह आधी सीढ़ी नीचे उतरी और झाँककर देखा। दरवाज़े पर ताला नहीं लगा था। चलो, आ गए हैं। घर में ही हैं। सोचकर उसे सुकून आया। अब कल पढ़ाने आएँगे तो देखती हूँ कितने देर नाराज़ रहते हैं। मनु ने ख़ुद से ही सवाल-जवाब किए और ख़ुश होकर ऊपर चली आई। थोड़ी देर किताबों में मुँह छुपाए बेबात मुस्कुराती रही। आठ बजते ही माँ ने खाने के लिए आवाज़ दी। मनु रेडियो उठाए खाना खाने चली। खाने की मेज़ पर उसने खाना और डाँट साथ में खाए। पानी और ग़ुस्सा साथ में पी लिया और बिस्तर पर आकर लेट गई।

प्रेम का स्वाद और तासीर दोनों कपूर की तरह होते हैं। प्रेमी जब प्रेम चख रहे होते हैं तब वह दरअसल अपनी ज़ुबान पर जलता कपूर रख रहे होते हैं। इसका सोंधापन तबतक नीमहोश किए रहता है जबतक कपूर जलकर ज़ुबान पर न आ जाए। प्रेम का अतिरेक जलने में ही है।

मनु ने महसूस किया कि प्रेम की तासीर आग्नेय होती है।

***

अगली सुबह भी कुछ अलग न थी। मनु वक़्त पर ही उठी और उठते ही बालकनी की तरफ़ भागी। यह ऋषि के दूसरे मोहल्ले के बच्चों को पढ़ाने जाने का वक़्त होता था। वह देर तक राह देखती रही; ऋषि फिर भी नहीं दिखा। उसे दिल ने पहली बार यह अंदेशा दिया कि कुछ बुरा है। मगर उसके दिमाग़ ने मानने से इनकार किया और वह भीतर आ गई। छाबड़ा साहब जाग चुके थे और वह दूध लाने के लिए निकल चुके थे।

मनु ने ब्रश-टूथपेस्ट उठाया और वाश-बेसिन की तरफ़ जाने से पहले रेडियो चालू दिया। मगर कल से वह महसूस कर रही है कि सब उसका मज़ाक़ उड़ा रहे हैं। यह नामुराद रेडियो भी उसी पर हँस रहा है,

"बोल दो मीठे बोल सोणिये, मिट्टी है अनमोल सोणिये।"

पहले तो वह गाने के बोल पर चिढ़ गई; मगर फिर यह गाना ही उसे अपना अहवाल सुनाता लगा। उसे लगा कि गीत के आगे के बोलों से उसे कुछ उम्मीद मिलेगी। बाक़ी गाना सुनने के लिए वह झट से ब्रश कर भागी-भागी आई और रेडियो में कान लगा लिया; मगर फिर भी पूरा सुन नहीं पाई। उसने ग़ुस्से में रेडियो ज़मीन पर पटक दिया।

"हुण की तोड्या तुस्सी?" किचन से माँ की आवाज़ आई।

"कुछ नहीं मम्मी जी। रेडियो गिर गया।" उसने कहा और सोचने लगी कि आवाज़ तो नीचे भी गई होगी तो शायद ऋषि भी आवाज़ देकर पूछे, हुण की तोड़या तुस्सी और मनु दौड़कर बालकनी से कहे, कुछ नहीं जी। रेडियो गिर गया।

मगर जब ऐसा कुछ नहीं हुआ तो मनु फिर रुआँसी हो गई और तौलिए से मुँह पोछने के बाद तकिये में अपना चेहरा छिपा लिया। अब उसे यह एहसास घर कर गया था कि बात कुछ ज़्यादा ही बिगड़ गई है। ऋषि उससे अबतक नाराज़ है। उसे माफ़ी माँग लेनी चाहिए। वह तो माफ़ी भी माँग ले। लेकिन ऋषि दिखे तो! सामने दिखते हुए इंसान से बात की जा सकती है ना। हवाओं को माफ़ीनामे नहीं लिखे जाते।

बार-बार उसके मन ने कहा कि वह ख़ुद ही जाकर पूछ ले कि इतनी क्या बड़ी ग़लती हो गई जो बैर ठाने बैठे हो और जो हो भी गई तो कह दो कि आगे से न कहना। मनु ने जो कोई बात तुम्हारी काटी हो तो कहो! उस

रोज़ छत के मुंडेर पर खड़ी थी वह। तुमने ट्यूशन में आकर कह दिया कि छत पर खड़ी मत रहा करो। मनु ने तुमसे पूछा, क्यों? क्यों न खड़ी रहे वो? तब से आज तक अपनी ही मुंडेर नहीं देखी मनु ने। बाद में मालूम चला बस्ती के लड़कों को पीट आए हो। ख़ुद तो झगड़ा करते चलो और फिर नाराज़गी भी ख़ुद ही। आए बड़े!

सोचते-सोचते ही उसका गला भर आया। गले ने जब दुःख को ज़ब्त करने से इनकार कर दिया तो उसकी आँखें छलछला गईं। बार-बार उसकी इच्छा हुई कि वह नीचे उतर जाए। बार-बार उसके मन ने हिलोरे मारे कि बस जाकर बैठ जाए उसके आगे और पूछ ही ले कि हाँ जी, कहो क्या गिला है? और जो है तो हलफ़ उठवा लो मनु से। पर बात तो करो।

दोपहर में भी वह छाबड़ा साहब का खाना ख़ुद ही पहुँचाने कैंटीन गई। नीचे उतरते वक़्त उसने जानबूझकर टिफिन बॉक्स से ऋषि के दरवाज़े पर टक्कर मारी ताकि कम-से-कम ऋषि की आवाज़ ही सुन ले जो शायद पूछ ही ले कि कौन है?

मगर फिर भी कोई आवाज़ नहीं आई तो मनु दुपट्टे से अपने आँखों का कोना पोछती हुई कैंटीन की तरफ़ बढ़ गई।

रास्ते भर वह ख़ुद को कोसती गई कि आख़िर क्यूँ उसने ऋषि से ऐसा मज़ाक़ किया जब वह मज़ाक़ समझता ही नहीं है। लेकिन पंजाबियों में तो ऐसे मज़ाक़ आम हैं। मगर ऋषि तो पंजाबी नहीं है। उसे यह बात समझनी चाहिए थी। लेकिन ऋषि को भी तो यह बात समझनी चाहिए की वह सिर्फ़ एक मज़ाक़ था।

ऐसी ही न जाने कितनी अबूझ-ऊटपटाँग बातें सोचती हुई वह अब ख़ाली टिफिन लेकर कैंटीन से घर लौटी। लौटते वक़्त उसके ज़ेहन में वही ख़याल आ रहे थे कि उसकी पायल की आवाज़ सुनकर ऋषि ज़रूर पुकारेगा, "मनु कैसी हो? वर्ड मीनिंग याद किए या फिर कोई नया बहाना बनाओगी? कर्मधारय समास कहते हैं करम धारा समास नहीं?" मगर फिर वो अपने दिल को मना लेती कि जब जिसने आज तक कमरे से बाहर टोका तक नहीं, वह फिर अब कैसे कहेगा।

इन्हीं ख़्यालों के बीच वह जब वह बोझिल क़दमों से सीढ़ियाँ चढ़ने

लगी तो उसे लगा किसी ने उसे पुकारा,

"मनु।"

आवाज़ इतनी क्षीण थी कि मनु को लगा यह उसका भ्रम है और फिर ऐसी आवाज़ तो ऋषि की है ही नहीं। ज़रूर उसके कान बज रहे हैं। आजकल सब तो उसके साथ खेल ही रहे हैं। मगर उसका ध्यान तब टूटा जब आवाज़ फिर से आई,

"मनु।"

अबकी बार आवाज़ थोड़ी साफ़ थी।

इस दफ़ा मनु के सिहरन दौड़ गई। इस आवाज़ को मनु शोर में भी पहचान सकती थी। क्योंकि कुछ देर पहले तक यही आवाज़ सुनने के लिए उसकी साँसें रुक रहीं थी। यह ऋषि की ही आवाज़ थी। उसकी समझ में कुछ नहीं आया। वह ऋषि के दरवाज़े की ओर दौड़ पड़ी। दरवाज़े पर पहुँचकर उसे ख़याल आया कि उसकी साँसें अस्थिर हो रही हैं। वह दरवाज़े के बाहर रुकी। उसने सात लंबी-लंबी साँस लेकर अपनी धड़कन स्थिर की और फिर दरवाज़े पर धीमे से दस्तक दी। वह चाहती तो थी कि झटके से दरवाज़ा खोलकर भीतर घुस जाए मगर उसे माँ के झाँककर देखने का डर भी था और अपनी नज़रों का शर्म भी। वह यह नहीं कर सकती थी; इसलिए उसने दरवाज़ा खटखटाया।

"कौन?" एक बीमार आवाज़ बाहर तक आई।

"जी मैं, मनु।" उसने इतने ही धीमे से कहा जिससे आवाज़ ऋषि तक ही जाए ऊपर माँ तक न पहुँचे।

"दरवाजा खुला है।" ऋषि की फिर से धीमी आवाज़ आई।

आवाज़ में अलालत, आवाज़ की शिथिलता और आवाज़ की कंपकपाहट मनु को बेचैन करने के लिए काफ़ी थी। वह धक्के से दरवाज़ा खोलकर भीतर दाख़िल हुई और ऋषि की स्थिति देखकर अवाक् रह गई।

ऋषि इस गर्मी में भी दो कंबल ओढ़ने के बावजूद काँप रहा था। नीचे सुराही गिर के टूट गई थी और उसके नोट्स फैले पानी की नाव बन चुके थे। कमरा सिरदर्द के मलहम से भभक रहा था। मनु लगभग दौड़ते हुए ऋषि के पास पहुँची और बोली-

"की होया?"

जवाब में ऋषि कुछ बोल नहीं पाया बस अपनी अधखुली आँख बंद कर ली।

"बुख़ार है?" मनु ने सकुचाहट के साथ ही ऋषि के माथे पर अपनी हथेली रखकर ताप जाँचते हुए कहा।

ऋषि ने कोई जवाब नहीं दिया।

"किसी नू दस्या क्यूँ नी?" मनु के आँसू संभलते-संभलते छलक आए। इस बार भी ऋषि कुछ बोल नहीं पाया। ऋषि प्रतिक्रिया करने की स्थिति से भी कमज़ोर हो चुका था। मनु ने इधर-उधर नज़र दौड़ाई फिर भी उसे एक साफ़ कपड़ा नज़र नहीं आया। कुर्सी पर फैले कपड़े, मोज़े और अख़बार देखकर वह खिन्न हो गई।

"कपड़े तक तो ठीक से रख नहीं सकते; ख़ुद को क्या रखेंगे!" ग़ुस्से और परेशानी में बुदबुदाते हुए मनु ने पूछा-

"तौलिया कित्थे है?" मनु ने फिर पूछा। इशारे में ऋषि ने जो अंगोछा दिखाया उसे देखकर मनु की आँखों में ग़ुस्सा और आँसू एक साथ दिख गए।

"अब मैं समझी कि ये बीमारी कहाँ से आई!" उसने अंगोछे को हिकारत से देखते हुए कहा और रोने लगी। फिर अचानक ही उठी, आँसू पोछे और लकड़ी की आलमारी में रखी एकमात्र धुली शर्ट उठाकर बाहर ले आई। मोटर की पाइप को निकालते हुए उसके पानी से उसे पूरा गीला कर निचोड़ा और भागकर भीतर आई।

"बुख़ार कब से है?" मनु ने ऋषि के तलवों में गीला शर्ट लपेटते हुए कहा।

"परसों से।" ऋषि ने अबकी बार मद्धम आवाज़ आई।

"वाहेगुरु! होर मैनूँ दस्या क्यूँ नहीं?" जवाब में फिर ऋषि ने कुछ नहीं कहा। तलवे की गर्मी से क़ुर्ते का पानी गर्म हो गया। मनु पानी बदलने को उठी और पीछे मुड़ते हुए ही कहा-

"इतना ग़ुस्सा! अब कभी मज़ाक़ नहीं करूँगी। तुसी पंजाबियों वाले मज़ाक़ समझते ही नहीं। आई एम सॉरी।"

"तू पंजाबी ही बोला कर।" ऋषि ने अधमुँदी आँखों से ही कहा। जवाब सुनना था कि मनु की मन-पंखुड़ियाँ खिल गई। वह अगर और देर रुकती तो शायद उसकी ख़ुशी ऋषि पर नुमायाँ भी हो जाती। वह इसी तरह ऋषि के पाँवों की पट्टियाँ बदलते बैठी रहना चाहती थी। वह इसी तरह ऋषि से बातें करते रहना चाहती थी। वह चाहती थी कि पिछले तीन दिनों की सारे शिकवे सुना दे; मगर फिर उसे यह भी महसूस हुआ कि जितनी देर एक अंजान लड़के के कमरे में उसे होना चाहिए वह मियाद ख़त्म हो चुकी थी। माँ आ गईं तो जान को अज़ाब और किसी ग़ैर ने देख लिया तो रुसवाई का सामान तैयार। यही सोचकर उसने फ़ौरन ऋषि के पाँव में फिर गीला कपड़ा लपेटा और बोली-

"अच्छा अब जाती हूँ। पापा जी को बोल के डॉक्टर को बुलवा देती हूँ। अपना ख़याल रखीं। फिकर ना करीं।"

"अंकल को परेशान करने की क्या ज़रूरत है। तुम्हें भी इसलिए कहा कि बच्चों को ट्यूशन...." ऋषि ने बुदबुदाते हुए भी अभी आधी ही बात कही थी कि मनु बोल पड़ी-

"तैनुं पुछ्या कोई। आए बड़े!" कहते हुए मनु ने रखे हुए अँगोछे से घर में बिखरा हुआ पानी सोखा, पोछा और बाहर आ गई।

घर में घुसते ही उसने देखा कि माँ सो गई हैं। दोपहर में अक्सर वो दो-तीन घंटे सो ही जाती हैं। मनु अपने कमरे में गई और वहाँ रखा दवाइयों का डब्बा टटोलने लगी। दवाइयों का डिब्बा वह अपने पास ही रखती है। वैसे भी पूरे मोहल्ले का छोटा-मोटा इलाज तो वो ही करती है। मनु पेट में दर्द है। मनु सर फट रहा है। मनु गैस इच कोण सी द्वा लेनी होन्दी ऐ। आम तौर पर मनु पेट के लिए तो अज्वाईन ही बोल देती है पर उसे पता है कि सिर दर्द और बुख़ार में पारासिटामोल देते हैं। ऋषि के लिए भी उसने धीरे से पारासिटामोल की चार टिकिया निकाली। पावरोटी के चार टुकड़ों पर मक्खन और चीनी लगाए और फिर दबे पाँव सीढ़ियों से उतरकर ऋषि के कमरे में दाख़िल हुई। ऋषि उसे देखकर थोड़ा चौंका; मगर लेटा ही रहा। कमरे में घुसते ही उसने दवा की एक टिकिया निकाली और ऋषि से पूछा- "पानी कित्थे है?"

ऋषि ने जवाब में टूटी हुई सुराही दिखाई।

''उफ़्फ़!'' मनु ने सिर पर हाथ रखते उए कहा। झुंझलाकर उठी और बड़ा वाला जग लेकर बाहर गई। उसने फिर से मोटर की पाइप निकाली, एक जग पानी भरा और वापस भीतर आ गई।

''खा लीजिए।'' मनु ने पाव रोटी आगे रखते हुए कहा।

''ये क्या है?'' ऋषि ने पूछा

''पावरोटी है।'' मनु ने कहा। जवाब सुनने के बाद ऋषि ने पावरोटी उसके हाथ से लेकर धीमे-धीमे ही सही, दो टुकड़े खा लिए। अब मनु ने दवा की टिकिया आगे करते हुए कहा-

''ये भी लीजिए!''

''ये क्या है?'' ऋषि ने पूछा। बीमार इंसान के पास सवालों का अशेष कोश होता है।

''ज़हर!'' मनु झुंझला गई थी। ऋषि ने कुछ नहीं कहा। चुपचाप दवा उठाकर मुँह में रख ली और उसे जड़वत देखता रहा। बीमार आँखें वैसे भी एक जगह ठहर जाती हैं।

''हुण की होया?'' मनु ने उसकी आँखों में देखते हुए असहज हुई।

''कुछ नहीं। बस बिना पानी के ज़हर थोड़ा कड़वा लग रहा है।'' ऋषि ने टिकिया मुँह में रखे हुए ही धीमे-से कहा।

''ओह!'' कहते हुए मनु ने जल्दी से पानी का गिलास ऋषि के मुँह से लगाया। ऋषि दो घूँट पानी के साथ दवा खाकर फिर लेट गया''।

अभी बुख़ार उतर जाएगा!'' मनु ने किसी डॉक्टर की तरह कहा। जवाब में ऋषि ने एक बीमार मुस्कान दी।

''अच्छा अब चलती हूँ। शाम को पापा जी को कह दूँगी, डॉक्टर लेते आएँगे। रात में जब गेट बंद करने आऊँगी तब कुछ खाने के लिए ले आऊँगी। तब तक ऐसे ही लेटे रहना। ज़्यादा हिलना-डुलना नहीं।'' मनु ने उठते हुए कहा।

''उसकी ज़रूरत क्या है। मैं...।'' ऋषि अभी बात पूरी भी नहीं कर पाया था।

''तैनूं पुछ्या कोई? आए बड़े!'' मनु ने उठते हुए कहा।

कमरे ने देखा कि निकलते वक़्त मनु की उँगलियाँ ऋषि के हाथों की उँगलियों के अंतिम सिरे को छूते हुए बाहर निकलीं।

डॉक्टर दो दिन बाद आया। मगर ऋषि के लिए नहीं; मनु के लिए। ऋषि तो मनु के स्पर्श से ही ठीक हो गया था या यदि इश्क़ के मोजज़े में आपका यक़ीन न हो तो यूँ कह लें कि ऋषि के बुख़ार की मियाद ख़त्म हो गई थी। डॉक्टर मनु के लिए आया था। दो दिनों बाद जब ऋषि ट्यूशन पढ़ाने पहुँचा तो देखा कि डॉक्टर दरवाज़े से निकल रहा है। डॉक्टर को दरवाज़े तक छोड़ने आए छाबड़ा साहब ने बताया कि मनु पिछले दो दिनों से बुख़ार से गिरी पड़ी है। उन्होंने यह भी बताया कि यह बुख़ार आजकल हवाओं में है। ऋषि ने दरवाज़े पर खड़े डॉक्टर और छाबड़ा साहब के बीच के दरार से सरसरी नज़र से भीतर झाँकने की कोशिश की; मगर कुछ नहीं दिखा। प्रेम ऐसी मूर्खताएँ करा ही देता है। जब इंसान यह भी भूल जाता है कि दरवाज़े के ठीक सामने बिस्तर नहीं लगा करते। ऋषि लौट आया। उसके पास मनु की तरह चोरी-छुपे ही सही, पास बैठ पाने की सलाहियत नहीं थी। वह नहीं जान पाया कि उसके हाथों में भी कोई मसीहाई है या नहीं।

हाँ, मगर ऋषि ने इतना ज़रूर जाना कि प्रेम में शरीर को जोग ही नहीं; रोग भी लग जाते हैं। प्रेम बेख़ुदी ही नहीं; बीमारियाँ भी साझा कर जाता है। अदला-बदली पत्रों की ही नहीं, पीड़ाओं की भी होती है।

लग बैठी पियु अंग सखी री

साल अपने पाँचवे महीने में था। अनुकंपा के आधार पर ऋषि ने जो नौकरी का आवेदन कर रखा था उसको लेकर प्रबंधन से उसकी झड़प तीखी हो गई थी। यूनियन के प्रदर्शनों की अगुआई के कारण भी वह वैसे ही नज़र पर था। प्रबंधन इस कारण भी उसकी नियुक्ति में अड़चने पैदा कर रहा था। उधर मनु की भी कुछ परीक्षाएँ नज़दीक आ गई थीं। छाबड़ा साहब मनु की नौकरी के पक्ष में थे। वह मानते थे कि लड़कियों की सही आज़ादी आर्थिक आज़ादी ही है। इसलिए वह ढूँढ़-ढूँढ़कर मनु से नौकरियों के आवेदन भरवाते रहते थे।

सुबह के पहले ट्यूशन के बाद ऋषि जब घर लौटा तो उसने देखा कि छाबड़ा जी बड़ी व्यग्रता से टहल रहे हैं। उसे ख़ुद भी इस बात की चिंता हुई, क्योंकि उसे पता था कि आज मनु की परीक्षा है जिसका परीक्षा केंद्र राँची में है। इस वक़्त तक तो उन्हें निकल जाना चाहिए था। वह अपनी मोटरसाइकिल खड़ी कर भीतर घुसा ही था कि छाबड़ा साहब ने उसे दरवाज़े पर ही घेर लिया–

‘‘‘भले समय से आया तू पुत्तर।’’ छाबड़ा साहब ने कहा।

‘‘नमस्ते अंकल।’’ ऋषि ने कहा।

‘‘नमस्ते बेटा। एक मुसीबत से बचा बेटे। पार लगा मैनुं।’’ छाबड़ा साहब ने कहा।

‘‘कहिए ना अंकल।’’ ऋषि ने कहा।

"तुझे तो पता ही है कि आज मनु का कोई पतरा है राँची में।"

"हाँ अंकल, तो आपलोग अभी तक निकले क्यों नहीं?"

"वही तो परेशानी है पुत्तर। अभी-अभी ख़बर आई है कि कोई फ़ूड इंस्पेक्टर आ रहा है, वो क्या कहते हैं; हाँ, नरीक्षण करने। अब बता। कोई भला मानस रविवार को नरीक्षण करने आता है क्या? एक तो ये तेरी हिंदी बोलने में ज़ुबान उलट जाती है।" छाबड़ा जी ने एक साँस में अपनी सारी परेशानियाँ समझा दीं।

"हाँ, तो कल के लिए टलवा दूँ उसका निरीक्षण?" ऋषि ने बहुत आत्मविश्वास से कहा।

"अरे नहीं बेटा। सरकारी लोगों को क्यों नाराज़ करना। क्या पता किस बात पर खार खा जाए। आज ही करना होगा। तू तो बस मनु को परीक्षा दिवा ला।" छाबड़ा साहब ने जल्दबाजी में कहा।

"क्या?" आख़िरी वाक्य सुनते ही ऋषि का गला सूख गया। गले की हड्डी ऊपर नीचे होते हुए उसकी परेशानी बयान करने लगी। उसने सपने में भी ऐसे किसी काम की उम्मीद नहीं की थी।

"हाँ पुत्तर। और कोई राह सूझ भी नहीं रही।"

"अंकल, लेकिन मेरे तीन-चार ट्यूशन होते हैं।" ऋषि ने बहाना किया।

"तुझे नहीं जाना तो कोई गल नहीं पुत्तर। पर ऐसी छोटी बात तो न कर। सातवीं-आठवीं के बच्चे एक दिन नहीं पढ़ेंगे तो कौन-सी सरकार गिर जानी है?"

"ऐसी बात नहीं अंकल। बस ये है कि बच्चों के माँ-बाप टोक देते हैं। अच्छा ठीक है। आप आंटी को साथ भेज दीजिए। मैं साथ चला जाऊँगा।" ऋषि ने कहा।

"जे वो होती तो गल ही कोई ना थी पुत्तर। परसों ही तो लुधियाने गई इसकी माँ।" छाबड़ा साहब ने अपनी परेशानी बताई। ऋषि के पास अब कोई चारा नहीं था। उसे मनु को परीक्षा दिलाने में कोई दिक़्क़त नहीं थी। उसे बस मनु को घर से स्टेशन तक लेकर जाने की दिक़्क़त थी। मोहल्ले के बाहर उसका रुतबा एक ठेठ लड़के का था जिसका लड़कियों से कोई

वास्ता नहीं था। आज जब वह निकलेगा तो बाहर के लोग देखकर क्या सोचेंगे! उसके दोस्त क्या कहेंगे! इसी चिंता से वह टाल रहा था; मगर अब कोई चारा नहीं था।

वह भीतर अपने कमरे में गया। उसने अपने बक्से में से कुछ पैसे निकालकर अपने बटुए में रखे और बाहर आ गया। बाहर आते ही उसने देखा कि मनु एक बड़ा-सा बैग लिए मोटरसाइकिल के पास उसका इंतज़ार कर रही है। ऋषि ने गाड़ी स्टार्ट की और मनु के बैठने का इंतज़ार करने लगा। मनु पीछे बैठने को हुई कि छाबड़ा साहब ने कह दिया-

"झोला बीच में रख ले बेटी!" छाबड़ा साहब ने वही कहा जो एक पिता कहता। मनु ने फ़ौरन दोनों के बीच में झोला रख लिया। मोटरसाइकिल सुबह वाली ट्रेन पकड़ने के लिए स्टेशन की तरफ़ चल पड़ी। ताज़ा हवा की एक झोंक मनु ने अपने चेहरे पर महसूस की। वह ख़ुश थी, बहुत ख़ुश। लड़कियाँ हर तरह से आज़ाद होते हुए भी एक बंधन-एक भार महसूस करती ही हैं। मगर आज मनु के पंख खुल रहे थे। वह शहर से बाहर ऋषि के साथ होने के ख़याल से ही रोमांचित थी। मगर वह यह जता नहीं सकती थी। वह थोड़ी देर शांत रही। उसे लगा कि बात ऋषि को ही शुरू करनी चाहिए। उसे लगा कि ऋषि कुछ नहीं तो कम-अज-कम परीक्षा के बारे में ही पूछे। मगर जब ऋषि ने कुछ नहीं पूछा तो अंततः मनु ने ख़ुद ही कहा-

"मैं तो परीक्षा छोड़ ही देने वाली थी। पापाजी ने ही ज़िद ठान दी।"

ऋषि ने उसकी इस बात का जवाब नहीं दिया। दरअसल, वह तेज़ हवा के झोंके से सुन ही नहीं पाया। मनु थोड़ी झुंझलाई; मगर फिर तनिक ज़ोर से ही कहा-

"पापाजी तो यूँ ही परेशान होते रहते हैं। मैं तो अकेली भी जा सकती थी।" अबकी बार आवाज़ ऋषि के कान में पड़ी।

"अच्छा। कहाँ-कहाँ गई हो अकेली?" ऋषि ने गाड़ी चलाते वक़्त ही पूछा।

"मोगा में घर से कोचिंग तक और यहाँ घर से कॉलेज तक।" मनु ने जिस शेख़ी से कहा उससे ऋषि को हँसी आ गई। मनु ने उसे गाड़ी के शीशे में हँसता हुआ देख लिया।

"हाँ, तो क्या हुआ! काम होता है तो इंसान रास्ता निकाल ही लेता है। तूतनख़ामेन ने तो भारत का रास्ता देखा नहीं था; लेकिन जब ज़रूरत पड़ी तो भारत की खोज कर दी ना?" मनु ने ऋषि के हँसी के जवाब में कहा।

"तूतनख़ामेन नहीं वास्कोडिगामा। वास्कोडिगामा।" ऋषि ने जरा ज़ोर से ही कहा। मनु को अपनी ग़लती का एहसास तो हुआ, उसने पीछे बैठे हुए ही ख़ुद को सिर पर एक चपत भी मारी; मगर अब हार मानना हार होती इसलिए उसने कहा-

"हाँ हाँ। सब याद है मुझे। वास्कोडिगामा- भारत और कोलंबस- अमेरिका।"

ऋषि मोटरसाइकिल दौड़ाने में व्यस्त रहा। दोनों के बीच दो मिनट की चुप्पी फिर छाई रही। बस गाड़ियों का शोर कोलाहल करता रहा। दो मिनट की शांति के बाद मनु ने फिर कुरेदा-

"और मम्मी को लाने के लिए क्यों कह रहे थे? अकेली लड़की से डर लगता है?"

"हाँ।" ऋषि ने मुस्कुराते हुए कहा।

"दाँत हैं मेरे! चुड़ैल हूँ मैं! काट खाऊँगी?" मनु ने ग़ुस्साते हुए कहा।

"हाँ।" ऋषि ने हामी भरकर उसके ग़ुस्से को और हवा दी।

"आए बड़े! सूरमा बनते हैं। छड़ों को पीटते चलते हैं। एक लड़की को परीक्षा दिलाने में तो हकलाने लगते हैं। ये लो!" कहते हुए मनु ने ऋषि की मोटरसाइकिल की सीट में अपने नाख़ून धँसा दिए। ग़ुस्सा निकालने का उसे यही सबसे कारगर उपाय सूझा। ऋषि उसकी बातें नहीं सुन पाया। उसे अचानक कुछ याद आया और उसने पूछा-

"एडमिट कार्ड तो रख लिया है ना?"

"वाहेगुरु! एडमिट कार्ड तो छूट ही गया!" मनु ने अकस्मात् कहा।

"अरे यार!" ऋषि ने गाड़ी रोक दी।

"वो मतलब, पता नहीं था न। कैसे जाना है। किसके साथ जाना है। जाना भी है या नहीं। तो जल्दीबाजी में मेज़ पर ही रह गया लगता है।" मनु ने मारे डर के रुक-रुककर कहा। ऋषि ने अचानक गाड़ी मोड़ी; ख़ुशक़िस्मती

से वे अभी ज़्यादा दूर नहीं गए थे। ऋषि ने गाड़ी वापिस घर की ओर ले ली। घर लौटकर उसने गाड़ी खड़ी की। मनु सरपट दौड़ कर ऊपर गई और एडमिट कार्ड लेकर वापस आ गई। छाबड़ा साहब को दौड़ते हुए ही उसने सारी बात भी बता दी। नीचे आई। ऋषि गाड़ी पर ही बैठा हुआ था।

"हुण चलो।" मनु ने पीछे बैठते हुए कहा।

"फिर से देख लो; कहीं पेन-पेंसिल भी न छूट गया हो।" ऋषि ने तंज़ किया।

"आए बड़े!" होंठ दाईं ओर बिचकाते हुए मनु ने कहा।

"और सुनो, गाड़ी तेज़ चलाऊँगा। चुपचाप बैठी रहना। डर लगे तो भी। कुछ बोलना नहीं। एक़दम चुप।" कहते हुए ऋषि ने गाड़ी तेज़ कर दी। रास्ते भर फिर मनु ने कुछ नहीं कहा। ऋषि दोस्तों-यारों की नज़रों से बचता हुआ कच्चे रास्तों से होते हुए स्टेशन पहुँच गया। स्टेशन पहुँचकर ऋषि ने गाड़ी खड़ी की और मनु को पैसे देते हुए कहा-

"देर हो गई है। जब तक गाड़ी पार्किंग में लगाता हूँ, तबतक तुम काउंटर से टिकट ले लो। जल्दी करो।" कहकर वह पार्किंग में चला गया। उधर मनु आगे तो बढ़ गई; पर काउंटर की भीड़ देखकर सिहर गई। उसे कभी इन सब कामों की ज़रूरत ही नहीं पड़ी थी। इसलिए इन परिस्थितियों से वो कभी दो-चार नहीं हुई थी। वह टिकट काउंटर के सामने अचंभित-सी खड़ी रही। ऋषि जब पार्किंग में गाड़ी लगाकर आया तो मनु को वहीं खड़ा पाया।

ऋषि समझ गया कि मनु टिकट ले पाने में असमर्थ है। ट्रेन आकर लग चुकी थी। ऋषि जल्दबाज़ी में भयाक्रांत हुआ। उसे ट्रेन छूट जाने का डर हो गया। उसने उससे लगभग छीनते हुए पैसे लिए और पिछले दरवाज़े से सीधा टिकट काउंटर के भीतर घुस गया। एक परिचित को पकड़कर उसने दो टिकट निकलवाए और बाहर आ गया। ट्रेन आकर लग चुकी थी। मनु का बैग उठाए ऋषि तेज़ी से आगे-आगे चला और मनु उसके पीछे-पीछे। ट्रेन में भीड़ कम ही थी। एक ख़ाली बोगी देखकर ऋषि उसमें चढ़ा तो मनु भी उसके पीछे-पीछे चढ़ गई।

ऋषि को ट्रेन की चलती हवा से परेशानी होती थी इसलिए वह इंजन

की उल्टी दिशा वाली खिड़की की सीट पर बैठा और उसने मनु को ठीक अपने सामने की खिड़की वाली सीट दी ताकि उसे खुली हवा मिल सके। दोनों किनारे की सीट पर बिलकुल आमने-सामने तो बैठे मगर चुपचाप। ऋषि थोड़ा खिन्न था और मनु यह बात समझ चुकी थी। वह चुपचाप बैठी रही। कहाँ तो उसके लिए यह आज़ादी के दो पल थे। सपनों के। उड़ने के और कहाँ यह बेपरवाह इसे चुप्पियों में जियाँ कर रहा है। बेचारगी में उसने चुपचाप किताबों में आँखें गाड़ ली। किताबों से ऊब हुई तो खिड़की से बाहर तेज़ी से भागते पेड़ गिनने लगी। बीच-बीच में नज़र उठाकर ऋषि की ओर देख लेती जो अब ऊँघ रहा था। उसे ऊँघते ऋषि की सूरत बड़ी प्यारी लग रही थी। कभी-कभी ऋषि का सिर एक ओर लुढ़क भी जाता। मनु का मन होता कि वह ऋषि की बग़ल में जाकर बैठ जाए और उसके गिरते सिर को अपना कंधा दे दे। मगर वह ऐसा नहीं कर सकती। ऊपर से वह ऋषि की बदतमीज़ी पर नाराज़ भी थी। क्या समझते हैं अपने-आप को! चार किताबें ज़्यादा क्या पढ़ ली, कुछ भी बोल देंगे? लड़की का मन तो पढ़ नहीं सकते। आए बड़े! कहते हैं- कुछ न बोलना। जैसे मनु इनसे बोलने को मरी जा रही है। अरे जल्दबाज़ी में एडमिट कार्ड छूट ही सकता है। कौन-सी बड़ी बात हो गई? और पापाजी होते तो मुझे टिकट लेने को कहते? कभी नहीं। आए बड़े!

इन्हीं बातों में डूबते-उतराते गाड़ी राँची स्टेशन पर लग गई। ऋषि ने जब-जब आँखें खोली मनु को पढ़ता हुआ ही पाया। कारण यह भी था कि मनु तो अपलक उसपर ही नज़रे गड़ाए थी जब भी उसके उठने का आभास होता वह किताबों में चेहरा गड़ा लेती। स्टेशन पर गाड़ी रुकते ही ऋषि ने बैग अपने कंधे पर लिया और बाहर निकल गया। मनु भी पीछे-पीछे स्टेशन से बाहर आई।

बाहर आकर दोनों ने रिक्शा लिया और परीक्षा केंद्र पर पहुँचे। ऋषि रास्ते में उसे "क्या करना-क्या नहीं करना" बताता रहा। जिसमें से कुछ बातें मनु के पल्ले पड़ी और कुछ उसने सुनना ज़रूरी नहीं समझा।

परीक्षा केंद्र पहुँचकर मनु ने बैग में से प्रवेश पत्र और अन्य ज़रूरी काग़ज़ निकाले और एक फीकी-सी मुस्कान देकर परीक्षा केंद्र के दरवाज़े

से भीतर प्रवेश कर गई। ऋषि हालाँकि उससे कुछ कहना चाहता था; मगर तब तक मनु मुड़कर भीतर दाख़िल हो चुकी थी।

परीक्षा दो पाली में थी। ऋषि तब तक शहर घूम आया था। शाम को ठीक परीक्षा समाप्त होने से पहले वह केंद्र पर पहुँच गया। शाम के पाँच बज गए थे। परीक्षार्थियों की भीड़ में से निकलते हुए मनु बाहर दिखी। दोनों की नज़रें मिली तो मनु ने एक थकी हुई मुस्कान दी। ऋषि को लगा कि उसकी परीक्षा ठीक नहीं हुई है; मगर कारण कुछ और ही था। मनु ने सुबह से कुछ खाया नहीं था। ऊपर से गर्मी और परीक्षा के दबाव ने उसके शरीर का पानी कम कर दिया था। ऋषि को इस बात का भान नहीं था। उसने बाहर निकलते ही सीधा सवाल किया–

"कैसी हुई परीक्षा?"

"अच्छी।" मनु ने बेरुखी से जवाब दिया।

"वास्कोडिगामा की जगह तूतनख़ामेन तो नहीं लिख दिया?" ऋषि ने हल्का मज़ाक़ किया। मनु एक तो पहले से भूखी थी और उसे इस तरह के मज़ाक़ की उम्मीद ऋषि से बिल्कुल नहीं थी। मनु ने कोई जवाब नहीं दिया; बस प्रश्न-पत्र ऋषि के आगे कर दिया। ऋषि ने प्रश्न-पत्र देखा और एक सवाल किया–

"कार्य का मात्रक क्या लिखा?"

"एंपियर।" मनु ने चलते-चलते ही रूखा जवाब दिया।

"क्या? हे भगवान! पागल हो क्या!! कार्य का मात्रक एंपियर होता है? सब पढ़ना-लिखना बेकार है तुम्हारा!" ऋषि ने क्रोध से कहा और फिर कहता ही गया–

"एडमिट कार्ड संभाल नहीं सकती! टिकट के लिए लाइन में खड़ी हो नहीं सकती! दस दफ़ा बताया था और फिर भी, कार्य का मात्रक एंपियर लिख आई! और यह बैग इतना भारी ले रखा है, ईंट-पत्थर है क्या इसमें?" ऋषि ने खीझते हुए कहा।

मनु; जो सुबह से सुनती ही आ रही थी। जो पहले से ही तप रही थी अब उबल पड़ी। वह ऋषि की ओर मुड़ी और दोनों हाथों को सीने पर बाँधते हुए तेज़ आवाज़ में ही कहा –

"आप अपने-आपको समझते क्या हैं? आप मुझे पढ़ाते हैं, इसका मतलब यह नहीं कि आपको मेरी बेइज़्ज़ती करने का अधिकार है। आप मुझे यहाँ तक ले आए, शुक्रिया आपका। मैं चली जाऊँगी।" कहकर मनु ने ऋषि के हाथ से बैग जबरन छीन लिया। सामने से आते एक रिक्शा को रोका और उस पर बैठ कर चल दी। वह इतनी भी बेवक़ूफ़ नहीं जो कार्य का मात्रक ग़लत लिखे। वह इस बात से चिढ़ी हुई थी कि ऋषि को उसका ज़रा भी ख़याल नहीं था। उसे चिंता थी तो बस परीक्षा की। इसलिए उसने जानबूझकर जवाब ग़लत बताया था। उसने पीछे मुड़कर भी नहीं देखा। रास्ते भर आँखें पोंछती रही।

लड़की जब अपने सपनों के साथ निकलती है तो सबसे ज़्यादा सुरक्षा अपने सपनों की ही करती है। उसके सपने एक सुबह से ही मार खा रहे थे। मोटरसाइकिल पर बैठने से लेकर स्टेशन पहुँचने तक उसने कई सपने देख लिए थे। मगर उसे उनके इस तरह टूटने का अंदेशा नहीं था। उसकी आँखें रोकते-रोकते भी छलछला उठीं। रिक्शावाले से आँसू छुपाते हुए ही उसने पैसे अदा किए और स्टेशन पर उतर गई। स्टेशन पहुँचने पर ही मनु ने देखा कि उसके नंबर की गाड़ी प्लेटफार्म पर ही लगी हुई है।

स्टेशन पर भीड़ ज़रा भी नहीं थी। उसने देर नहीं की। टिकट लिए और ट्रेन में बैठ गई। खिड़की की सीट उसने जानबूझकर इसलिए चुनी थी ताकि अगर स्टेशन छूटते वक़्त तक ऋषि आ ही जाए तो वह देख सके कि मनु मोहताज नहीं है किसी की। ऋषि जो कि पिछले रिक्शे से आ ही रहा था; जबतक वह स्टेशन पर पहुँचा गाड़ी स्टेशन छोड़ रही थी। खिड़की पर बैठी मनु ने ऋषि को स्टेशन में घुसते तो देखा था; मगर ग़ुस्सा इतना था कि मनु ने मुँह फेर लिया। गाड़ी आउटर पार कर रही थी। उसके ख़यालों की पतंग ने एक बार फिर ढील ले ली।

"सोचते हैं कि मैं टिकट ही नहीं ले पाऊँगी! अब कैसे ले लिया टिकट मैंने! सोचते हैं मुझे बैठने की जगह नहीं मिलेगी। पूरा-का-पूरा डिब्बा ख़ाली पड़ा है। बैठकर जाऊँ, सोकर जाऊँ या लेटकर जाऊँ; कोई देखने वाला नहीं। पापाजी को ज़रूरी काम नहीं होता तो ऐसे आदमी का मुँह देखते क्या? घर पहुँच जाऊँ पहले; फिर पापा जी को बताती हूँ। ऐसे आदमी के

भरोसे भेजा था मुझे! आए बड़े!''

ख़यालों की पतंग समेटते-समेटते सूरज डूब गया। वह ट्रेन में खानेवालों का इंतज़ार करती रही। मगर जिस ट्रेन में बैठने वाले ही न हों उस ट्रेन में बेचने वाले भला क्यों फिरेंगे। सूरज के डूबते ही कंपार्टमेंट का ख़ाली होना मनु को विचलित करने लगा। उसकी बोगी में रोशनी भी नहीं थी। बल्ब की व्यवस्था तो थी मगर जाली के भीतर से बल्ब नदारद था। इसीलिए अब वह दूसरी सीट पर जाकर बैठ गई जहाँ रोशनी थी। एक बूढ़ा व्यक्ति वहाँ पहले से बैठा हुआ था।

मनु फिर खिड़कियों के बाहर आँखें गड़ाकर अँधेरे में ही पेड़ गिनने लगी; मगर इस दफ़ा उसे यह पेड़ अजनबी से लगे। उसे लगा कि वह जिस रास्ते आई है यह उसके पेड़ नहीं है। उसे लगा यह गुज़रते-भागते घर भी वो नहीं है जिसे उसने आते वक़्त देखा था। उसे डर-सा लगा। उसने फ़ौरन नज़रें भीतर कर ली। उसे लगा कि ऋषि उसके साथ नहीं है इसलिए उसे ऐसा भ्रम हो रहा है। बस थोड़ी देर में वह घर पहुँच जाएगी और सब ठीक हो जाएगा। यही सोचकर उसने कलाई घड़ी देखी। उसकी कलाई घड़ी ने शाम के सात बजाए थे। ट्रेन अगले स्टेशन पर लगी तो मनु ने बाहर झाँककर देखा। उसने देखा कि ट्रेन किसी 'हटिया' नाम के स्टेशन पर लगी है। उसने फिर मुँह भीतर कर लिया। बूढ़े आदमी ने अपना सामान उठाया और उठकर जाते वक़्त मनु से पूछा-

''उतरोगी नहीं बिटिया?''

मनु ने इस बात का कोई जवाब नहीं दिया। उसे अजनबियों से बात न करने की हिदायत बचपन से याद थी। बूढ़े ने बहरहाल अपने हिस्से का परोपकार किया और कहा-

''यह गाड़ी आगे नहीं जाती बिटिया!''

आगे नहीं जाती? मनु के कानों में जैसे नश्तर-सा खींच गया। क्यों नहीं जाती? उसे तो बोकारो जाना है और वह तो ट्रेन नंबर देखकर ही चढ़ी थी। फिर क्यों नहीं जाएगी यह ट्रेन? वह एक पल को ज़र्द हो गई। ऐसा लगा जैसे मुर्गाबी के सारे पंख ज़िंदा ही नोच लिए गए हों।

''यह आख़िरी स्टेशन है।'' बूढ़े ने अपने हिस्से का दूसरा उपकार

किया और कहा–

''बेटी लगता है तुम डाउन ट्रेन में चढ़ गई हो। तुम्हें अप ट्रेन में जाना था।''

अप ट्रेन! डाउन ट्रेन! यह क्या नई आफ़त है? उसने नंबर देखा था। दो नंबरों में से एक उसकी गाड़ी का ही नंबर था। फिर यह क्या हो गया है? मनु विस्मृत-सी बैठी रही।

''अगली गाड़ी सुबह पाँच बजे मिलेगी।'' कहकर बूढ़ा भी ट्रेन ख़ाली कर गया। मनु उससे यह भी नहीं कह पाई कि हाँ, मैं ग़लत ट्रेन में चढ़ गई हूँ। हाँ, मुझे तो बोकारो जाना है। हाँ, अब कोई रास्ता सुझाइए। अकेली लड़की सबसे पहले ख़ुद को ही जान का अज़ाब समझती है। वह ज़्यादा चौकन्नी हो जाती है। उसे आने वाला हर एक बंदा संभावित ख़तरा ही दिखता है। मनु को लगा कि यदि वह इस बूढ़े को बता दे कि उसने ग़लत ट्रेन पकड़ ली है तो शायद यही बूढ़ा उसके जी का जंजाल बन जाए। मगर अब वह करे भी तो क्या? इसी कशाकश में उसने देखा कि बूढ़ा भी उतरकर स्टेशन पार कर गया।

मनु का मन यह मानने को तैयार ही नहीं था कि उससे ग़लती हो गई है। वह बैठी-बैठी ट्रेन के चलने का इंतज़ार करती रही। मगर ट्रेन को न आगे जाना था, न गई। मनु कुछ देर सुबकी। फिर रोई। लेकिन जब चुप कराने वाला कोई न हो तो ख़ुद ही चुप हो जाना आँखें भलीभाँति जानती हैं। मनु भी कुछ देर बाद चुप हो गई और फिर एक असंभव से इंतज़ार में मुब्तिला हो गई कि शायद ऋषि आ जाए और कुछ सोचकर अपनी ही मूर्खता पर फिर रो पड़ी। स्टेशन ने भी उसे रुलाने में कोई कसर नहीं छोड़ी थी। अमावस से काले अंधकार से घिरे स्टेशन में सन्नाटा इस तरह पसरा था जैसे यह स्टेशन न होकर क़ब्रिस्तान हो और घरवाले मुर्दा फूँककर वापस लौट गए हों। आवाज़ के नाम पर झींगुरों का शोर ही कानों तक आता था। मनु अब यह भी भूल चुकी थी कि उसे भूख भी लगी है। डर ने भूख और प्यास दोनों को मार दिया था।

मनु घुटनों में सिर घुसाकर देर तक बैठी रही। उसे ऋषि की बहुत याद आ रही थी। याद से ज़्यादा उसे उसपर ग़ुस्सा आ रहा था। ऐसा भी क्या

कर दिया था उसने। पीछे-पीछे नहीं आ सकते थे। ख़ुद तो कितनी बातें बोलते हैं, उसने तो कभी जवाब नहीं दिया। मुझे बाहर लेकर आए। पापाजी ने किसके भरोसे छोड़ा था। खाने का नहीं पूछ सकते थे? जानते हैं एक अकेली लड़की है; पहली बार घर से निकली है। उसका डर नहीं देख रहे। देख क्या रहे हैं तो उसके झोले का वजन। लड़कियों के बैग में क्या है कोई पूछता है भला? बनते समझदार हैं! आए बड़े! मनु बुदबुदाई।

मनु अभी ऋषि को कोसने में ही वक़्त बिता रही थी कि उसे दूर से ट्रेन के खिड़कियों के लोहे पर डंडे के घिसटने की आवाज़ सुनाई दी। उसे लगा कि कोई यह जाँच रहा है कि कोई भीतर बैठा तो नहीं है। भय की अतिरेक से उसके पाँव कांपने लगे। वह भागकर गई और ख़ुद को ट्रेन के बाथरूम में बंद कर लिया। थोड़ी देर में डंडे के घिसटने की आवाज़ थम गई। नितांत डर के इस वक़्त में उसे स्लीपर श्रेणी का वह दयनीय बाथरूम ही वक़्त गुजारने का सबसे सुरक्षित जगह लगा।

कुछ देर बाद फिर मरघट सी शांति छा गई। उसे थोड़ी शांति तो मिली; मगर यह ज़्यादा देर नहीं रुकी। उसने बाथरूम की खिड़की से ही कुछ लोगों को गुज़रते देखा जो उसकी ही बोगी में सवार हो गए। वह चरसी थे जिन्हें पीने की जगह चाहिए थी। भयानक संत्रास में मनु भीतर ही बैठी सुमिरन करती रही। चरसियों को न ज़्यादा देर रुकना था; न ही वह रुके। हाँ, मगर उतने ही वक़्त की उनकी ग़लीज़ बातें जो मनु के कानों में पड़ी तो उसका हौसला थोड़ा और टूटा। हौसला टूटा तो सब्र की दीवार भी गिरी। वह रोने को हुई तो उसके आँसू ही न निकले। उसने महसूस किया कि उसके पास रोने को अब आँसू भी नहीं बचे थे; इसीलिए उसका ध्यान सिरदर्द की ओर गया। उसका सिर, दर्द के कारण फटा जा रहा था। उसने बाथरूम के ही दरवाज़े पर टेक लगाई और आँखें बंद कर ली। उसके पास सोचने-समझने की शक्ति नहीं रह गई थी। उसे यह भी नहीं पता था कि गाड़ी कुछ देर बाद इस सुनसान प्लेटफार्म से निकलकर धुलने के लिए वाशिंग यार्ड में चली जाएगी। वह इतनी थक गई थी कि उसकी आँखे बंद होने लगीं।

थोड़ा वक़्त और बीता तो मनु उनींदी हो गई। उनींदे ही अचानक उसे आभास हुआ कि किसी ने उसका नाम पुकारा है। उसकी नींद खुल गई।

उसका मन फिर अनजाने डर से भर गया। उसने घड़ी देखी। रात के नौ बज चुके थे। उसे लगा कि उसका दिल और दिमाग़ भी उसके साथ मज़ाक़ कर रहे हैं। सुनसान जगह पर उसे कौन पुकारेगा? वह फिर रोने को हो आई।

मगर फिर उसे आभास हुआ कि कोई उसका नाम पुकार रहा है। अबकी बार उसे लगा कि उसका दिमाग़ उसके साथ मज़ाक़ नहीं कर रहा है। उसे धड़का-सा लगा। वह इस आवाज़ को शोर में भी पहचान सकती है। यह ऋषि की आवाज़ थी। तो क्या ऋषि उसे ढूँढ़ता हुआ यहाँ तक आ गया है? उसके मन ने कहा कि वह दरवाज़ा खोलकर बाहर निकल जाए और दौड़कर ऋषि के पास पहुँच जाए; मगर अगले ही पल उसे ख़याल आया कि वह आज सबेरे से ही कई ग़लतियाँ कर चुकी है। हो सकता है यह भी कोई वहम हो, कोई ग़लती हो। वह ऐसा नहीं करेगी। वह उस आवाज़ के और नज़दीक आने का इंतज़ार करेगी।

आवाज़ बोगी-दर-बोगी नज़दीक होती गई। और नज़दीक। जब आवाज़ बिलकुल ही मनु के बोगी से आई तो उसने धड़ाक से दरवाज़ा खोल दिया। सामने ऋषि ही था। ऋषि जबतक पीछे मुड़कर मनु को ठीक से देख पाता; तबतक मनु उसके सीने में समा चुकी थी। भावावेश में वो न तो ख़ुद को रोक पाई; न अपने आँसुओं को। मनु और आँसू दोनों ही ऋषि के सीने से लग गए थे। कंधे की ऋषि की शर्ट को मुट्ठियों से भींचते ही सब्र टूट गया था। मनु जार-ओ-कतार आँसुओं में थी।

ऋषि ऐसी किसी भी स्थिति के लिए तैयार नहीं था। वह किसी और स्थिति के लिए ख़ुद को तैयार कर आया था। उसे लगा था कि मनु मिलेगी ही नहीं। यदि मिली भी तो उसपर चिल्लाएगी, कोसेगी या बात ही नहीं करेगी। उसने क्योंकि स्टेशन पर ही मनु को ग़लत ट्रेन पर बैठते देख लिया था इसलिए वह अगली ही ट्रेन पकड़कर यहाँ तक आ गया था। वह तो यह भी तय करके आया था कि वह ख़ुद ही उससे पहले ही माफ़ी माँग लेगा। मगर उसे यह सपने में भी नहीं लगा था कि मनु उस से इस क़दर लिपट जाएगी। मनु अपने दोनों हाथों से उसके पीठ पर के बुश्शर्ट को भींचे हुए खड़ी थी। ऋषि जिसने अबतक अपने हाथों को खुला छोड़ा हुआ था; उसने भी धीरे-धीरे अपने बाँहों का घेरा मनु पर कस दिया। बाँहों के कसाव

के साथ ही मनु का ज्वार और फूट पड़ा। वह और भी ज़ोर-ज़ोर से रोने लगी।

"चुप हो जाओ। आ गया हूँ ना।" ऋषि ने भी फँसती-सी आवाज़ में ही कहा।

"आये बड़े!" मनु ने सीने में मुँह छिपाए हुए ही कहा। ऋषि ने भी उसे ख़ुद से अलग नहीं किया। वह असहज ज़रूर हुआ था। उसे एक पल को छाबड़ा साहब की याद भी आई थी। उसे दूसरे ही पल को यह ग़लत भी लगा। मगर फिर भीतर की किसी आवाज़ ने उसकी इस सोच को कमज़ोर कर दिया। उसने जाना कि भीतर की इसी सोच को रूमान की पहली किताब में इश्क़ का नाम दिया गया होगा। उसने मनु के बालों में हाथ फिराते हुए कहा-

"जान निकाल दी थी तुमने। ऐसे कोई नाराज़ होता है क्या?"

"ऐसे कोई डाँटता है क्या? खाने तक को नहीं पूछा।" मनु ने पहला वाक्य ज़ोर से और दूसरा वाक्य धीमे से कहा; मगर दोनों ही बातें ऋषि के कानों तक गईं। उसने मनु को कंधे से पकड़ कर ख़ुद से अलग करते हुए विस्मय से पूछा-

"तुमने सबेरे से कुछ नहीं खाया?"

मनु ने सिर नीचे किए हुए ही इनकार में सिर हिलाया।

"हे भगवान!" ऋषि ने पेशानी पर हाथ रखते हुए ख़ुद से ही खिन्न होते हुए कहा। मनु चुप ही रही। ऋषि ने ही फिर कहा -

"तो कहा क्यों नहीं?"

"मौक़ा कहाँ दिया आपने!" सुबह-सुबह परीक्षा हाल में धकेल आए और शाम में निकलते ही...। मनु ने आँखों में देखते हुए ही आँसू पोंछे।

"अच्छा चलो। पहले कुछ खा लेते हैं।" ऋषि ने उसे हाथों से खींचते हुए कहा।

"नहीं, अब भूख नहीं है।" मनु ने फिर ख़ुद को ऋषि के सीने में छिपाते हुए कहा। दोनों ही देर तक मूर्तिवत खड़े रहे। बेहिस। वह अपना चेहरा उसकी शर्ट पर गड़ाए रही। वह अपनी उँगलियाँ उसके बालों में फिराता रहा। ऋषि के पास कहने को आकाश भर की बातें थीं। मनु के पास

सुनने को समंदर भर की उत्सुकता; लेकिन फिर भी कमी दोनों ही तरफ़ थी। ऋषि के पास शब्द नहीं थे और मनु के पास धैर्य। शब्दों से जब जवाब नहीं आए तो धैर्य ने ही जवाब दे दिया। आख़िरकार मनु ने कह ही दिया–

"कुछ कहेंगे?"

"क्या कहूँ? ऐसा तो कुछ भी नहीं जो तुम नहीं समझती।" ऋषि ने कहा।

"फिर भी, ऐसा तो बहुत कुछ होगा जो कहना ही होता है।" मनु ने ऋषि की छोटी उँगली चटकाते हुए कहा। ऋषि सुनकर दो क्षण को चुप हो गया। फिर एक साँस भरी और कहा–

"पता है। आज जब तुम वहाँ से चली आई ना, तो मुझे लगा कि मैं देर से किसी अँधेरे कुएँ के भीतर से आवाज़ लगा रहा हूँ। मेरी आवाज़ लौटकर बस मुझ तक पहुँच रही हैं। मुझे लगा कि मैं देर से किसी खोह में दौड़ता जाता हूँ; मगर अँधेरा है कि ख़त्म ही नहीं होता। मुझे लगा कि मेरी माँ को जिस साँप ने काटा था उसका चेहरा मेरी तरह ही था।" कहते-कहते ऋषि का गला भर आया। वह क्षण भर को ख़ामोश हो गया। कुछ पलों तक ख़ामोशियों का एहतराम मनु ने भी किया; मगर उसे जो सुनना था वह ऋषि ने अभी तक कहा नहीं था। उसने मुट्ठियों में भिंची क़मीज़ पर उँगलियाँ चलाते हुए कहा–

"और?"

"फिर मुझे लगा कि मेरा इंटरव्यू है और मेरी आख़िरी ट्रेन छूट गई है।"

"और क्या लगा?"

"मुझे लगा कि मेरी माँ जाते वक़्त रोई नहीं होगी; ग़ुस्साई होगी। मुझे अचानक ही लगा कि यह जो लड़की अभी-अभी ग़ुस्साकर चली गई है ना, यही प्रेम है।" कहकर ऋषि ख़ामोश हो गया। मनु मगर एकटक उसका चेहरा निहारे जा रही थी। आज वह सब सुन लेना चाहती थी। अबकी बार आवाज़ में एक ठहराव था; एक कंपकंपाहट थी; मगर सवाल वही था।

"और क्या लगा?" मनु के तीसरे बार पूछते ही ऋषि को एहसास हो गया कि उसके सवाल ख़त्म नहीं होंगे। उसने हँसते हुए कहा–

"और भूख लगी है। खाना खाना है ना?"

इस सवाल का कोई जवाब दिए बग़ैर मनु उससे लिपटी ही रही मानो जवाब लेकर ही जवाब देगी। ऋषि कुछ क्षण मनु के होंठों के ऊपर बन रहे पसीने की छोटी-छोटी बूँदों का मोती देखता रहा और फिर अचानक ही बोल पड़ा-

"कहना ही अगर ज़रूरी है तो सुनो, मैं तुमसे बहुत प्यार करता हूँ।" कहकर ऋषि चुप हो गया। दरअसल, चुप तो वक़्त ही हो गया था। देर तक एक शून्य वातावरण में तैरता रहा। बेआवाज़ आलम इस स्थिति की ज़रूरत होती है। उनके पूरक। कोई भी ध्वनि, कोई भी अतिरिक्त बोल इस मौन की सुंदरता में विघ्न ही डालते हैं। प्रेम में शब्दों की आवश्यकता न्यून होती है। वैसे भी ऋषि न इससे ज़्यादा बोल सकता था; न इससे ज़्यादा सुनने की दरकार मनु को थी। उसे जो स्वर्णिम शब्द सुनने थे वह सुन चुकी थी। उसके सारे सवालों के जवाब मिल गए थे। मनु अपने कंचे जैसी आँखों से अपलक ऋषि को देखती रही और एक बार फिर उससे लिपटकर धीमे से कहा-

"घर चलें?"

"हाँ।" ऋषि जैसे तंद्रा से जागा। उसने मनु के गिर्द अपनी बाँहें हटाई। मनु ने उससे अलग होकर अपने कपड़े ठीक किए और फिर खड़ी रही। ख़ुद को मनु से अलग करते वक़्त ऋषि ने देखा कि उसकी शर्ट मनु के आँसुओं से भीग चुकी है। ऋषि ने देखा कि उसकी शर्ट वहीं भीगी है जहाँ छठी पसली होती है।

ऋषि ने जाना कि छठी पसली के नीचे, ठीक नीचे दिल होता है।

ऋषि ने स्टेशन से बाहर निकलकर सरकारी तारघर से फ़ोन कर घर पर देरी की बाबत सूचित कर दिया। छाबड़ा साहब थोड़े परेशान थे; मगर मनु की आवाज़ सुनकर आश्वस्त हुए। स्टेशन के बाहर ही टैक्सी वाले ने रात और जवान जोड़े को देखकर भाड़ा चार गुना बताया। ऋषि बिना किसी हील-हुज्जत के मान गया। टैक्सी गंतव्य की ओर चल दी।

"अच्छा, जो अगर मैं आज न मिलती तो घर कैसे जाते?" मनु ने साथ बैठे ऋषि से कहा।

"घर कहाँ जाता! यहीं कहीं मर जाता।" ऋषि ने बिना एक भी क्षण गँवाए जवाब दिया। मनु ने फ़ौरन उसके होंठों पर अपनी हथेली रख दी। टैक्सी वाले ने यह देखते हुए दो रुपये टोल टैक्स के नाम पर बढ़ा दिए। प्रेम-पतंगों को पैसे की फ़िक्र कब रही है! गाड़ी चलती रही। रात, चाँद, तारे, पेड़, खूट, मील के पत्थर, गिले, शिकवे सब पीछे छूटते रहे।

प्रेम विघन नहीं आए सखी री

जून का महीना वैसे ही गर्म होता है और अयस्कों भरे इस पठारी शहर में तो यह तपकर भट्ठी हो जाता है। सूरज पठारों को गर्म करता है और पठार संपर्क में आने वाली हवाओं को। मगर जो हवा माहौल को गर्म कर रही थी वह भौगोलिक नहीं थी, राजनीतिक थी और यह पंजाब से आ रही थी। पंथ पर जान तक क़ुर्बान करने को तैयार खाड़कू लड़ाके स्वर्ण मंदिर में डेरा जमाए थे और सरकार उन्हें वहाँ से किसी हाल में बाहर निकाल लाने पर आमादा थी। सुनने में तो यह भी आया था कि पंजाब सरकार की केंद्र को दी गई इस सूचना के बाद कि स्थिति अब उनके नियंत्रण में नहीं है, फ़ौज बुलाई गई थी।

समस्या भले ही पंजाब की हो मगर चिंतित देश-विदेश के सिख थे। एक तो सरकार जिसे ख़तरा मान रही है, आम जनों का एक बड़ा समूह उन्हें संत मान रहा है। दूसरी बात, अपने पूजा स्थल पर फ़ौजी कारवाई किसी भी धर्मावलंबी की दुखती रग होगी। सिख भी अलग नहीं थे और इसीलिए चिंतित थे।

छाबड़ा साहब व्यावहारिक बहुत थे मगर अपने काम से काम रखते थे। संभ्रात थे तो बोलने से पहले सोचते थे। ऋषि की राजनैतिक और शैक्षणिक समझ से वह प्रभावित थे। उसका एक कारण यह भी था कि उसकी कर्मठता में उन्हें अपनी परछाईं दिखती थी। वह देश-दुनिया के अहवाल पर ऋषि से तमाम बातें किया करते थे। ऋषि इन बातों के अलावा पंजाब की राजनीति

का ज़िक्र भी छेड़ देता था, जिससे अक्सर छाबड़ा साहब बचते रहना चाहते थे। दोनों के ही अपने वाजिब कारण थे। ऋषि को चूँकि परीक्षाओं के लिए हर ज्वलंत मुद्दों पर पकड़ रखनी थी इसलिए वह इन पर बात करता था। छाबड़ा साहब बेकार की तल्ख़ी नहीं लाना चाहते थे जो कि बहस में लाज़िमी तौर पर आ ही जाती है इसलिए वह इसका ज़िक्र नहीं करते थे।

जून के महीने में मगर ऋषि ने एक बड़ा बदलाव देखा था। उसने ग़ौर किया था कि छाबड़ा साहब अब काफ़ी गंभीर रहने लगे थे। वह उससे अब पंजाब पर ही बातें ज़्यादा कर रहे थे। शायद इसलिए भी कि अपना दुःख बाँटने को उन्हें कोई दूसरा मिला भी नहीं।

"पता है, आज स्वर्ण मंदिर को फ़ौज ने घेर रखा है।" उन्होंने बताया कि सरकार की भाषा अलग होती है। जिन्हें सरकार आतंकवादी कहती है वह शहीदी को तैयार पंथ के खाड़कू हैं।

आगे कुछ ठहरकर बोले कि हरमिंदर साहब के चारों ओर फ़ौज का क़ब्ज़ा है और भीतर बैठे खाड़कुओं को बाहर निकालने का प्रयास जारी है।

"जब लग साहिब मन वसायी, तब लग विघन न होय" सुमिरते हुए वह बुदबुदाए कि हरमिंदर साहब से बड़ा सिख-तीरथ भारत में कोई नहीं। यह भी कि 'ननकाना साहब' के पाकिस्तान में चले जाने का दुःख आज तक सालता है सिखों को।

इन सब भूमिकाओं के बाद उन्होंने दरअसल असली बात बताई। अपना डर। डर इस बात का कि फ़ौज अगर हरमिंदर साहब में प्रवेश कर गई तो अनर्थ होगा। इसी डर के पशोपेश से ही वह उठे और कैंटीन की ओर निकल गए। ऋषि की स्थिति महज़ एक श्रोता की रही। दिन इस उम्मीद के साथ जैसे-तैसे बीता कि अगला दिन कोई अच्छी ख़बर लिए आएगा।

मगर अगले दिन का भी अहवाल जुदा नहीं था। चाय हाथों में लिए छाबड़ा साहब ने ऋषि को ऊपर बुला लिया था। चाय देने आई मनु पिता और ऋषि को एक साथ खड़े देखकर ही जुड़ा गई। छाबड़ा साहब की बातों में मशग़ूल ऋषि ने चाय देते मनु के हाथों का स्पर्श महसूस कर लिया। प्रेमी प्रेम के इस चोर-बाज़ारी से प्रसन्न थे। दुखी बस छाबड़ा साहब थे। बच्चों

के इस दुनियावी खेल से अछूते, किसी अंजाने डर से दुखी। रेडियो बंद करते हुए उन्होंने फिर तज़किरा छेड़ दिया–

फ़ौज ने आज 'गुरु रामदास लंगर' पर गोलियाँ चलाईं हैं। उन्होंने बताया।

राम दास लंगर। 300 सालों से जाति, धर्म और रुतबे से ऊपर उठकर लोगों को साथ बैठाने का तथा साथ खिलाने का उपक्रम। गुरु की 'पहले पंगत फिर संगत' का स्थान। वह बुदबुदाये– "देग तेग फतेह।" अर्थात भूखों के लिए भोजन और कमज़ोरों के लिए सुरक्षा। यही तो इस क़ौम का आधार है। उदास आँखों में पानी जैसा कुछ आते ही वह बीते दिनों में चले गए। जिस जगह उन्होंने सेवादारी की थी। जिस जगह वह खेलते-झूलते बड़े हुए थे। जिस जगह का आधार ही तृप्ति हो। जिस जगह हज़ारों लोगों का लंगर चलता हो वहीं आज गोलियाँ चली हैं? अनर्थ कुछ और नहीं होता। वह बुदबुदाए। चुप हुए। हवा में ही हथेलियाँ घुमाकर मायूसी बयान की और फिर ख़ुद से ही कहा, "नहीं यह तो कुछ नहीं। अभी तो और अनर्थ देखना बाक़ी है।"

ऋषि उनके दुःख के संचार का माध्यम भर है। बोल देने से और कुछ हो न हो सिर की नसों के फटने का ख़तरा कम हो जाता है। ऋषि इस संचार का संग्राहक है जिसे बस सुन लेना है। राजनीति की समझ उसे नहीं और धर्म तो आज तक कोई भी नहीं समझ पाया; मगर वह यह समझता था कि किसी भी धर्मस्थल में कारवाई ठीक नहीं है। अबकी द.फा उठते हुए उसने कहा–

"चिंता न करें अंकल। आप देखिएगा। कल तक ही सब ठीक हो जाएगा। पहली बार मध्यस्थों को लगाया गया है। नतीजा निकलकर रहेगा। बस आज भर ही अंधेर है।"

"रब करे ऐसा ही हो।" छाबड़ा साहब को सांत्वना के बोल जँचे।

सांत्वना के बोल हारते हुए व्यक्ति को जँचते हैं राजनीति को नहीं। वह तो अपने फ़ायदे-नुक़्सान के तहत ही निर्णय लेती है। इसलिए अगला दिन, अगली सुबह भी अगर कुछ लेकर आई है तो महज़ बूढ़ी पेशानियों में शिकन। छाबड़ा साहब आज सतनाम सैनी की दुकान की ओर टहल लिए। सतनाम सैनी ने अपने नौकर को मोढ़े निकालने को कहकर छाबड़ा साहब से

बैठने को कहा। दोनों बैठ तो गए मगर अजीब-सी चुप दोनों ओर डोल रही थी। हाल दोनों से छिपी नहीं थी लेकिन बुरी बात शुरू करने में हिचकिचाहट तो होती ही है। आख़िरकार छाबड़ा साहब ने ही मुँह खोला-

"आज पाँच इनफ़ैन्ट्री बटालियन, दो पारा-मिलिटरी कंपनी और छह टैंक लगाए गए हैं। जैसे बाहरी हमला हुआ हो। स्वर्ण मंदिर की पूरी घेरेबंदी कर दी गई है। सरकार है कि मारने को तैयार है। भीतर घिरे खाडकू हैं जो मानने को तैयार नहीं। समझौते की जगह शहीदी को तैयार हैं। वाहेगुरु जी की मर्ज़ी क्या है?" उन्होंने हथेली को प्रश्न के अंदाज़ में घुमाते हुए कहा।

"डरा रही है सरकार। अरे! ऐसे कैसे हमला कर देगी? हरमिंदर साहब हैं; इनके युद्ध अभ्यास की जगह थोड़ी ना है।" सतनाम ने तैश में कहा।

"यही तो डर है सतनाम। सरकार को पता है कि यह क़ौम डरने वाली नहीं है। अमृतसर में पानी और बिजली दोनों काट दी गई है। आम जनता को अलग-थलग किया जा रहा है। सरकार मौक़ा और जगह देख रही है बस।" छाबड़ा साहब ने सिर थामते हुए कहा।

"वाहेगुरु सब ठीक करांगे। तुस्सी बेवजह ही फिकर कर रए ओ।" सतनाम ने कहा। वैसे भी वह व्यापारी आदमी था; ज़्यादा देर तक ग़लत ख़याल नहीं पाल सकता। छाबड़ा साहब ने घुटनों पर हथेली रखकर खड़े होते हुए कहा-

"हाँ, अगले 24 घंटे ठीक निकल जावे तो कुछ चंगी गल हो।"

इंसान जब भविष्य को लेकर सशंकित होता है तो मियाद बढ़ाता जाता है। छाबड़ा साहब भी वही कर रहे थे। अगले चौबीस घंटे जब कुछ अनिष्ट नहीं हुआ तो उन्हें थोड़ा सुकून मिला। हालाँकि, कोई बात अख़बारों में क्यों नहीं आई इसको लेकर उनका मन चिंतित हुआ। मगर ख़ुशी की एक ख़बर भी शंका के सौ वर्षों को मंसूख कर देती है।

अगला दिन यानी चार जून 1984 अनिष्ट लेकर आया है। ख़बर आई कि स्वर्ण मंदिर की पहचान, स्वर्ण मंदिर का बुर्ज 'रामगढ़िया बंगा' गिरा दिया गया है। ख़बर यह भी आई कि बातचीत की आख़िरी कोशिश असफल होने के बाद यह हुआ। रामगढ़िया बंगा यानी स्वर्ण मंदिर का द्वारपाल। सीधा

खड़ा बुर्ज जिसे आततताइयों और लुटेरों के आक्रमण से मुक़ाबला करने के लिए बनाया गया था। वह किसी बाहरी हमले से तो नहीं, वरन् अपनी ही सरकार के गोलों से गिरा दिया गया। छाबड़ा साहब निर्जीव पुतले की तरह पलंग पर गिर गए। मनु जिसे अब तक मसले का पता लग चुका था और जिसे छाबड़ा साहब के दमे की चिंता लग गई थी, वह छाबड़ा साहब के तलवे रगड़ने लगी। छाबड़ा साहब आज कैंटीन भी नहीं गए। बाएँ करवट दमे का आक्रमण तेज़ हो जाता था इसलिए दाहिने करवट लिए ही लेटे रहे।

इन बातों से अनभिज्ञ ऋषि प्रशासनिक भवन पर नारेबाजी करने के बाद घर को लौटा। आज उसने कोई ट्यूशन नहीं लिया। आज प्रबंध-निदेशक का घेराव करना था। प्रशासनिक भवन से उसने मालूम करवाया था कि फाइल प्रबंध-निदेशक तक पहुँच गई है; मगर अनुकंपा के आधार पर वह केवल चतुर्थ श्रेणी पदों में नियुक्ति के पक्षधर हैं। ऋषि सहित धरने पर पाँच लोग और थे जो स्नातक थे और जिन्हें यह पद मंजूर नहीं। आधार भले ही अनुकंपा हो मगर पात्रता भी तो कोई चीज़ है। यही कारण है की ऋषि बाहरी परीक्षाएँ भी देता रहता था। बंगाल की सार्जेंट की परीक्षा से उसे उम्मीद भी थी; मगर वह कोई मौक़ा छोड़ना नहीं चाहता। इसलिए उसने आज प्रबंध-निदेशक का घेराव करने का भी निश्चय किया था। प्रबंध निदेशक को इसकी भनक पहले ही लग गई थी इसलिए उन्होंने आज का अपना कार्यक्रम ही रद्द कर दिया था।

पसीने और खीझ से सराबोर ऋषि घर लौट आया। नहाकर उसने खिचड़ी बैठाई और खाकर सो भी गया। उसकी नींद तीन बजे खुली। उसे याद आया कि मनु की परीक्षा के दिन भी नज़दीक आ रहे हैं। वह फ़ौरन तैयार होकर ऊपर आ गया। दरवाज़ा खटखटाकर अभी उसने चप्पलें उतारी ही थी कि छाबड़ा साहब ने दरवाज़ा खोल दिया।

ऋषि के लिए यह चौंकने की बात थी। यह वक़्त छाबड़ा साहब के कैंटीन में रहने का होता था। मनु के बीमार होने का दिन छोड़ दें तो उसने आजतक उन्हें इस वक़्त घर पर नहीं देखा था। वह अभी हाथ से चप्पल उतारता सोच ही रहा था कि छाबड़ा साहब ने कहा-

''बेटे, आज इसकी छुट्टी कर दे।''

“लेकिन अंकल, मनु की परीक्षा... ।” ऋषि बात पूरी भी नहीं कर पाया था कि छाबड़ा साहब ने बात रोक ली,

“आज शोक है बेटे।”

“जी अंकल।” इसके आगे ऋषि का कुछ कहना बनता भी नहीं। शोक की बात के आगे कहा भी क्या जाए। वह यह भी जान रहा था कि शोक किस बात का है। उसके सिख दोस्तों में भी इस बात का रोष था। वहाँ वह इस समस्या के लिए खाड़कुओं को ग़लत ठहरा कर लड़ जाता था। उन्हें अपनी समझ के मुताबिक उग्रपंथी बता सकता था; मगर वह वही बहस छाबड़ा साहब से नहीं कर सकता। जिरह करते वक़्त जगह, वक़्त, उम्र और मसले देखने होते हैं; वह यह जानता था।

“अच्छा ठीक है अंकल, मैं कल... ।” चुपचाप चप्पल पहनते हुए उसने इतना ही तो कहा था कि छाबड़ा साहब ने पीछे से कहा,

“बेटे, कल से बंद कर दे इसकी ट्यूशन।” छाबड़ा साहब ने अपने तहमद से 50 का नोट निकालकर ऋषि को थमा दिया। ऋषि के लिए अज़ाब की स्थिति बन गई। उसे क्षण भर को बात समझ ही नहीं आई। उसे लगा कि कहीं छाबड़ा साहब को उसके और मनु के बारे में कुछ पता तो नहीं चल गया? उसने फिर भी हिम्मत करके पूछ लिया–

“मुझसे कुछ ग़लती हो गई क्या अंकल?”

“नहीं पुत्तर। ग़लती तो हमसे हो गई–सी लगती है।” छाबड़ा साहब ने भी बाहर निकलकर चप्पल डालते हुए ऋषि के कंधे पर हाथ रखते हुए कहा और चुपचाप कैंटीन को निकल गए।

ऋषि अजीब–सी उलझन में आ गया। उसने दिन याद किए तो आख़िरी बार चाय देने के बाद से उसने मनु को नहीं देखा है। उसने पहले इसे अपनी यूनियन की व्यस्तता को कारण मानकर तवज्जो नहीं दी थी। मगर अब उसे लगा कि कारण कुछ गंभीर है। शंकाओं से उसका मन घिर गया। मुश्किल घड़ी में आशंकाएँ चाहे निरर्थक ही सही, घेर ही लेती हैं।

कहीं घरवालों को पता तो नहीं लग गया? नहीं। ऐसा नहीं होगा। अगर ऐसा होता तो कमरा ख़ाली करने को कहा जाता। कहीं मनु ने कुछ बता तो नहीं दिया? नहीं, ऐसा भी होता तो मनु पहले मुझसे पूछती। कहीं उन्होंने

कॉपियाँ तो नहीं देख ली? नहीं, उसमें ऐसा कुछ लिखा भी क्या है। कहीं पड़ोसियों ने शिकायत तो नहीं कर दी? नहीं, उसे ही जब कुछ दिन पहले यह बात मालूम हुई है तो पड़ोसियों को क्या पता होगी। फिर कौन-सी वजह है कि मुझे ट्यूशन छोड़ने को कहा गया? कौन-सी वजह है कि मनु भी कल से नहीं दिखी। ऋषि ख़ुद से ही सवाल करता रहा।

जो भी हो जवाब तो लेना ही होगा। वह फ़ौरन भागकर तार विभाग चला गया। उसे अपनी अबतक की उम्र में एकमात्र फ़ोन नंबर जो याद था वह छाबड़ा साहब का ही था। 2042। उसने चार बार उँगलियाँ घुमाकर फ़ोन लगाया। दो-तीन घनघनाहट के बाद फ़ोन मनु ने ही उठाया।

"अब नहीं पढ़ना क्या?" ऋषि ने सीधा सवाल किया। मनु इस आवाज़ को शोर में भी पहचान सकती थी। यह ऋषि की आवाज़ थी। वह कान पर रिसीवर रखे हुए ही बिस्तर पर लेट गई। आँसुओं को रोकने के प्रयास में कुछ भी नहीं बोल पाई। ऋषि ने मगर उसके साँसों की विचलन महसूस की। वह कुछ कहता; इससे पहले मनु ने ही कहा-

"मम्मी जी, सरसों नु कबूतर लग रहे ने। मैं छत तों हुणे आइयाँ।"

मनु जानती थी कि उसके पास करने को जितनी बातें हैं उतने पैसा ऋषि के पास नहीं होंगे। इसीलिए उसने कबूतर के बहाने ऋषि को छत पर आने का इशारा दिया था। ऋषि जानता था कि यह इशारा है। छत पर कबूतर नहीं हैं और यदि कबूतर कोई है तो वही है। वह फ़ौरन पैसे अदा कर घर की ओर दौड़ पड़ा।

सावधानी से छत की सीढ़ियाँ चढ़ते हुए ऋषि ने देखा कि मनु पहले ही से ऊपर मौजूद थी और छत से लगी पहली सीढ़ी पर बैठी हुई थी। उसने काली क़ुर्ती पहन रखी थी। मनु यह जानती थी कि ऋषि को काला रंग पसंद नहीं। उसे ख़ुद भी यह उदास रंग पसंद नहीं; मगर फिर भी उसने यही रंग ओढ़ रखा था। ऋषि के आने के आभास के बावजूद वह आँखें नीचे किए बैठी रही। ऋषि के पास करने को कई बाते थीं। छाबड़ा साहब, ट्यूशन, मनु, आँसू। वह कहीं से भी शुरू कर सकता था। मगर उसने पूछा-

"यह क्यों?"

"शोक है आज।" मनु ने कहा।

ऋषि ने ध्यान किया कि आज छाबड़ा साहब ने भी काली दस्तार ही बाँध रखी थी। रास्ते में मिले दो-तीन और सिक्खों के सिर पर भी काली पगड़ी ही थी। यह शोक का चिह्न है। यह विरोध का प्रतीक है। प्रतीकात्मक और शांत विरोध। कुछ क्षण चुप रहकर उसने मनु से कहा-

"क्या बचपना है भाई! इससे क्या हासिल?"

"मैनूँ की पता!" मनु ने भी कुढ़ते हुए ही जवाब दिया।

"फिर?"

"पापा जी ने कहा। पापा जी ग़लत नहीं कहते।"

"और मैं?" ऋषि का सवाल था।

"मैनूँ की पता!" मनु का जवाब था। इस जवाब के आगे सारे सवाल बेमानी थे।

"अच्छा ठीक है। सब ठीक है। सब सही है। बस यह बताओ हमारे बारे में अंकल को कुछ पता है?" ऋषि ने पूछा

"नहीं।" पाँव के नाख़ून से सीढ़ियों की सीमेंट कुरेदते हुए मनु का जवाब था।

"तूने कुछ कहा है?" ऋषि ने फिर पूछा।

"मैं क्यों कहूँगी। जब कहना होगा आप कहोगे। और ये तूने-तूने पंजाबियों के लिए ही छोड़ दो। अच्छा नहीं लगता आप पर।" मनु ने फ़ौरन जवाब दिया।

"तो उन्होंने मुझे ट्यूशन छोड़ने को क्यों कहा?" ऋषि ने मनु की बात को अनसुना करते हुए कहा।

मनु चुप रही। ख़ुद को रोके रखा; बस आँखों से दो आँसू रुक नहीं पाए। उसने समीज की बाँह से आँखें पोंछ ली। ऋषि भी देर तक चुप रहा। फिर उसने कहा -

"हरमंदिर साहब पर हमले का मुझे भी दुःख है। ग़लत हुआ है; लेकिन मैंने तो नहीं किया। इसमें मेरी क्या ग़लती है?"

"कोई ग़लती नहीं।" सुबकती हुई मनु ने कहा।

"फिर?"

"पापा जी को पैसे की तंगी है। कैंटीन पर भी उधारी चढ़ गई है।" मनु

ने सिर नीचे गाड़े ही जवाब दिया।

"अरे तो मुझसे कहते।" ऋषि ने फ़ौरन कहा।

"आपसे क्यों? आए बड़े!" मनु फ़ौरन से भी पेश्तर ही जवाब दिया।

"अरे! मेरे कहने का मतलब है किराया बढ़ा दें। मैं दे दूँगा। मगर ट्यूशन न बंद करें।"

"मैं यह बात उनसे नहीं कह सकती।" मनु ने फिर धीमे से कहा।

"तो फिर कैसे मिलेंगे?" ऋषि ने अब असली समस्या बताई।

मनु ने इसका कोई जवाब नहीं दिया। दरअसल, उसके पास कोई जवाब था ही नहीं। जवाब तो ऋषि के पास भी नहीं था। इसलिए उसने खीझ में कहा,

"ठीक बात है। लगा लो पहरेदारी। खिड़की कूद के आ जाऊँगा।"

मनु ने घुटनों के बीच दबे अपने सिर को उठाया तो ऋषि ने देखा कि उसकी कंचे-सी आँखों में ऋषि के लिए धमकी भरी थी। उसके आँसू ग़ायब थे। उसके चेहरे पर प्रेम और प्रेमपगी मुस्कुराहट आ गई थी। जिसे उसने बनावटी ग़ुस्से से ढक लिया था।

"जपजी साहब का पाठ सीखने आ जाऊँगा। तब तो आने देंगे?" ऋषि ने मनु के ग़ुस्से को देखते हुए अगला उपाय बताया।

"उन्हुँ!" मनु ने इनकार में सिर हिलाते हुए बेचारगी से ऋषि को देखा। न मिल पाने का दुःख उसे भी था; मगर इस क्षण में वह ऋषि के सब्र की परीक्षा ले रही थी।

"तुम तो बाहर मिलने से रही।" ऋषि ने पूछा।

"हूँ।" मनु ने ऊपर से नीचे की ओर सिर हिलाया।

"क्या हूँ? मिलोगी बाहर?"

"नहीं जी। बाहर कैसे?" मनु ने बहुत भोलेपन से कहा।

"अच्छा, बाप-बेटी दोनों मिले हुए हैं?" ऋषि ने कहा। उसने देखा कि कोई भी प्रतिक्रिया देने से पहले मनु ने फिर घुटनों में सिर छुपा लिया।

"ठीक है। मत मिलो। जा रहा हूँ।" ऋषि ने सीढ़ियाँ उतरते हुए कहा।

"हूँ।" मनु ने उसे फिर छेड़ा।

"अच्छा सुनो, कबूतर भगाने के बहाने आ जाया करना।" ऋषि ने फिर दो सीढ़ियाँ ऊपर आकर धीमे से कहा।

"हूँ।" मनु ने अपने घुटने हाथों के बीच मुँह दबाकर ही कहा। उसने दरअसल अपनी मुस्कुराहट छुपाई। ऋषि सीढ़ियाँ उतरने लगा। वह जब आया था तब अकुलाया हुआ था और जब वह जा रहा था तो ग़ुस्साया हुआ था।

"और सुनो, दार जी से कह दो कि जो पैसे इतने ही बचाने है ना, तो फ़ोन कटवा दें। तीस रुपए महीने के यूँ ही ले जाता है साला।" भुनभुनाता हुआ ऋषि नीचे उतर गया।

देर तक मुस्कुराती हुई मनु सीढ़ियों पर बैठी रही।

प्रेम के मसले दरअसल, प्रेम तक ही सीमित होते हैं। दुनियावी बवालों, सियासती अहवालों और मज़हबी सवालों से प्रेमी अछूते ही रहते हैं। पंजाब, हरियाणा को जल दे, न दे यह इनकी समस्या नहीं होती। इन्हें एकांत जगह नहीं मिले तो यह इनकी समस्या है। अलग राज्य बने न बने यह सियासतदाँ जाने। यह तो बस इतना जानते हैं कि इलाही इन्हें अलग न करें। त्रासदी यह है कि प्रेम हर मज़हब का एक अंग है जबकि इसे ख़ुद ही एक मज़हब होना था।

सखी री, सुख कर आई पियु संग

छठ पूजा। बिहार का पर्व। उगते और डूबते हुए सूर्य की आराधना का पर्व। व्रतियों के लिए उपवास का पर्व, प्रेमियों के लिए उल्लास का पर्व। तमाम रूढ़ियों से जकड़े इस समाज में भी यह दो दिन ऐसे होते हैं जहाँ एक पूरा वर्ग, एक पूरा समाज बहती नदी, पोखर, तालाब इत्यादि के किनारे जमा होकर सूर्य की उपासना करता है। मन्नतें माँगता है। एकमात्र ऐसा पर्व जिसमें किसी पांडित्य-कर्म की ज़रूरत नहीं होती। कहते तो यह भी हैं कि द्रौपदी ने पांडवों के विजय की मन्नत सूर्यदेव से ही माँगी थी।

व्रतियों के मन्नतों की आड़ में छठ पर्व प्रेमियों के लिए जन्नत भी है। साथी की एक झलक पाने को पानवालों, सड़कों, चायख़ानों और कैसेट की दुकानों पर दिन निकाल देने वाले प्रेमियों के लिए यह दिन किसी मुराद के पूरे होने जैसा ही होता है। खिड़कियों, छतों, आँख के तिरछे कोरों, कॉलेज गेट की दरारों या रिक्शा के फटे पर्दों के बीच से झाँकतीं काजल भरी आँखों के लिए भी यह दो दिन स्वच्छंदता के ही होते हैं।

प्रेम दरअसल उन दो दिनों में धूप और हवन-सामग्री के साथ हवाओं में तैरता है। प्रेम दरअसल उन दो दिनों में पूजा की डलिया के ठीक पीछे चलता है। प्रेम दरअसल उन दो दिनों नंगे पैरों के आबलों में फूटता है और पैरों को निहारती आँखों से बह निकलता है। प्रेम दरअसल उन दिनों सूर्य की निगहबानी में फलता है।

पड़ोस के घर की डलिया ऋषि को उठानी थी। मनु गाँव से आने के

बाद से लगभग हर साल छठ घाट जाती रही थी। मगर इस साल का उल्लास कुछ और ही था। इस साल डलिया ऋषि उठाएगा; क्योंकि पड़ोस वाले का लड़का दिल्ली गया है। जब से गया है तब से एक चिट्ठी तक नहीं लिखी। मगर उससे मनु को क्या मतलब! मनु को तो इससे मतलब है कि डलिया ऋषि उठाएगा।

आज डूबते सूर्य की पूजा होनी है। व्रतियों की टोली निकलने लगी। ऋषि सिर पर फलों और अन्य पूजा सामग्री से भरी डलिया लिए खड़ा था। वह क्यों खड़ा था? क्योंकि सारी टोली को साथ चलना है। मगर सारी टोली क्यों खड़ी है? चाची, भाभी, बच्चे, बुआ सब तो आ गए हैं। बस मनु नहीं आई।

"इस निगोड़ी का सिंगार ही नहीं ख़त्म होता!"

अभी-अभी यह एक फ़िकरा औरतों की टोली से निकलकर ऋषि के कानों से गुजरा।

"जाने कौन घर बसेगी!" यह दूसरा फ़िकरा था। औरतें दूसरे फ़िकरे के बाद छठी मइया को याद करने में मगन हो गईं।

"काँचऽ ही बाँसऽ के बहंगिया
बहंगी लचकतऽ जाए"

ऋषि ने इस लोकगीत का अर्थ जानने को ध्यान लगाया ही था कि तभी बात बदल गई। अचानक आवाज़ कानों तक आई–

"आ गईं राजकुमारी!" आवाज़ के साथ ही ऋषि का ध्यान राजकुमारी की ओर गया। उसे अचानक याद आया कि उसकी गर्दन पर भारी वज़न रखा है। उसने फिर भी गर्दन घुमाकर 'राजकुमारी' को देखा। लंबे गरारे में मनु राजकुमारी ही लग रही थी। ज़मीन पर नज़रें गड़ाए वह इंतज़ार कर रही टोली की ओर चली आ रही थी। ऋषि उसे देखकर जड़ हो गया। उसे लगा कि शरीर का सारा लहू पलटकर दिल की ओर ही जा रहा है। वह अभी कुछ और देर मूर्ति बना रहता कि अचानक उसकी पीठ पर एक जनाना मगर बुज़ुर्ग हाथ ने थाप देते हुए कहा–

''ए बबुआ, चलिए। नहीं तो यहीं अर्घ्य देना पड़ जाएगा।''

ऋषि ठिठककर मशीन की भाँति चलने लगा। मनु उसके भटकाव पर खिलखिला पड़ी। दोस्तों के बीच की किसी खिलखिलाहट का कोई एक मतलब निकाल पाना अनुभवों के बस में भी नहीं। मनु की हँसी छठ के गीतों में खो गई।

राह चलते ही मनु ने देखा कि ऋषि नंगे पाँव चल रहा था। उसने हँसकर साथ चल रही प्रज्ञा को कोहनी के इशारे से दिखाते हुए कहा,

''लगता है साहब जल्दी में जूता भूल गए हैं।''

प्रज्ञा ने मगर मुँह पर उँगली रखकर चुप रहने का इशारा करते हुए डलिया उठाए हुए बाक़ी लोगों के पैरों की ओर इशारा किया। मनु ने देखा की सभी नंगे पाँव हैं। उसने बीते सालों में कभी इस बात पर ध्यान ही नहीं दिया था। उसने समझा कि डलिया उठाने वाले को इस व्रत में जूता नहीं पहनना होता। जैसे ही उसने इस बात को समझा वैसे ही उसे राह में पत्थर, काँटे, कील और रोड़े ज़्यादा नज़र आने लगे। उसका जी कैसा तो हो आया। उसके मन में आया कि वह ऋषि के आगे चले और राह के सारे पत्थर हटाती जाए। मगर वह ऐसा नहीं कर सकती। वह अपनी मजबूरी पर डबडबा गई।

फिर उसे जाने क्या सूझा कि उसने अपनी एड़ी ख़ुद ही मोड़ ली। चोट का बहाना कर थोड़ी देर रुक गई और फिर सैंडल के हील को कोसते हुए सैंडल उतारकर हाथ में ले लिया। यह क्या है, क्यों है मनु इस सोच में थी ही नहीं। वह तो बस इस क्षण में थी।

मनु नहीं जान पाई कि मूर्खताओं की एक परिणति प्रेम और प्रेम की एक परिणति मूर्खता भी है।

***

व्रतियों की टोली छठ घाट पर पहुँच चुकी थी। ऋषि ने घाट पहचान कर डलिया रख दिया। औरतों-बच्चों की टोली डलिया के ठीक पीछे स्थान बनाकर बैठ गई। ऋषि को डलिया उठाने के कारण अपनी पीठ में जकड़न का एहसास हुआ। उसने कमर पर हाथ टिकाकर अंगड़ाई तोड़ने की कोशिश की। ऐसा करने की कोशिश में ही अचानक उसे अपनी पीठ पर सैकड़ों

सुइयाँ चुभती हुई महसूस हुई। उसने अंगड़ाई बीच में ही छोड़कर पीठ की ओर हाथ लगाया। उसने पाया कि उसकी शर्ट बनैले 'संखाहोली' के काँटों भरे बीज से भरी हुई थी। वह हरे रंग के कँटीले इस बीज को जानता था जो वह बचपन में ख़ुद भी दोस्तों के बालों और कपड़ों पर फेंकता रहा था। मगर इस बार वह ख़ुद ही शिकार हुआ था। उसे मनु पर शक था जो लड़कियों की ओट में घुसकर उसकी परेशानी पर मुस्कुरा रही थी।

ऋषि की मजबूरी यह थी कि वह इतने लोगों के बीच शर्ट नहीं उतार सकता था। उसने अपने हाथ पीछे कर तमाम कोशिशें कीं। जहाँ तक उसके हाथ पहुँचे वहाँ तक के सारे कँटीले बीज उसने निकाल लिए; मगर अब भी कुछ काँटे ऐसी जगह पर थे जहाँ उसका हाथ नहीं पहुँच रहा था। नदी के तलहटी पर एक छोटे से चट्टान पर बैठा वह कोशिशें कर ही रहा था कि उसके कान में एक प्यारी-सी आवाज़ आई-

"अंकल, मैं निकाल दूँ?"

आवाज़ 6 साल की श्रेया की थी जो पड़ोस के प्रज्ञा के घर की बच्ची थी।

"अरे! तू यहाँ क्या कर रही है?" ऋषि ने उसके लिए चिंतित होते हुए कहा।

"दीदी ने भेजा है।" श्रेया ने दूर व्रतियों की टोली की ओर इशारा करते हुए कहा, जहाँ अब केवल सिर ही सिर थे। ऋषि मगर समझ गया कि इस बच्ची को मनु ने ही भेजा था।

"अच्छा निकाल। मगर संभल के।" ऋषि ने बच्ची को ताकीद की।

"मुझे क्या संभलना। मैंने ही तो फेंकी थी।" श्रेया ने मासूमियत से कहा।

"अच्छा! लेकिन क्यों?" ऋषि ने जानबूझकर सवाल किया।

"क्योंकि दीदी ने कहा था।" श्रेया ने उसी मासूमियत से फिर जवाब दिया। ऋषि समझ गया; मगर उसने दीदी के नाम के लिए नहीं कुरेदा। बजाय नाम पूछने के उसने सीधा सवाल किया-

"दीदी जो कहेगी वही करेगी तू?"

"नहीं, बस जब पॉपिंस देगी तब।" श्रेया ने शर्ट में से आख़िरी काँटा निकालते हुए कहा।

ऋषि हँस पड़ा। वह ख़ूब जान रहा था कि मनु की दो जोड़ी आँखें लगातार उसे देख रही होंगी। उसने श्रेया को गोद में उठाया और उसके दाहिने गाल पर प्यार जड़ दिया। फिर उसे नीचे उतारते हुए ऋषि ने कहा,

"जा, दीदी से कहना कि अंकल को जवाब चाहिए।" श्रेया गोद से उतरकर धीरे से उधर चल पड़ी जिधर मनु और मोहल्ले के व्रतियों की टोली थी। वह पहले से इंतज़ार कर रही मनु के पास पहुँची और जवाब की बाबत कह दिया। गीतों के शोर में मनु के अलावा कोई इस बात को सुन पाए यह संभव नहीं था। या यूँ कह लें कि किसी और का यह विषय भी नहीं था इसलिए किसी का ध्यान भी नहीं था।

प्रेम की भाषा प्रेमी ही गढ़ते हैं। यह शब्द, चेष्टा, शोर, चीख़, मौन, आहट, इशारा, प्रशंसा, अवहेलना इत्यादि कुछ भी हो सकता है। कूट का अर्थ वह ग्राह्य कर ही लेता है जिसके लिए वह भेजी गई है।

ऋषि ने दरअसल बच्ची के गाल पर प्यार जड़ते हुए मनु से ख़ुद के लिए यही प्यार माँगा था; जिसे सैकड़ों की भीड़ में मनु ने ही समझा। अब गेंद मनु के पाले में थी। जवाब उसके पास तैयार थे बस उसे संप्रेषित करने की विधि उसे नहीं सूझ रही। वह अभी सोच में ही थी कि उसका ध्यान एक-दूसरे को सिंदूर लगाती व्रती औरतों पर गया। मनु की ख़ुशी उसके चेहरे पर उतर आई। उसने झट से घाट पर पड़ी अगरबत्ती का ख़ाली पैकेट उठा लिया और उसे खोलकर काग़ज़नुमा बना लिया। फिर आधी बुझी अगरबत्ती की एक सलाई से उसपर तीन शब्द टाँक दिये-

मुँह, मसूर, दाल। यह लिखते हुए भी उसने अतिरिक्त सतर्कता बरती कि कोई उसे ऐसा करते न देख ले। अब मनु को बहती नदी के पानी में उतरना था। जाने से पहले उसने अपने दोस्तों से मनुहार किया; मगर कोई पानी में उतरने को तैयार नहीं था। एक तो कपड़े भीग जाने का डर और दूसरे यह डर कि डैम के पानी का जलस्तर कभी भी बढ़ सकता था।

मनु को ऐसा कोई डर नहीं था। वह दोनों हाथों से गरारा संभाले पानी की ओर बढ़ी। ऋषि ने उसे धीरे-धीरे पानी में उतरता देखा। उसे लगा कि सूरज पानी में उतर रहा है; अर्घ्य अब ही दे देना चाहिए। उसके सीने में कहीं एक हूक अटक गई। वह पानी में ही दूसरे किनारे पर खड़ा मनु का

इस किनारे पानी में उतरना देखता रहा।

मनु किनारे से दो क़दम भीतर आई। सूर्यदेव को देखते हुए आँखें बंद कर कुछ फूलों के साथ काग़ज़ का वह टुकड़ा पानी में छोड़ दिया। फूल तो फ़ौरन ही जलमग्न हो गए, मगर अगरबत्ती के गत्ते पर लिखा वह प्रेम-संदेश गर्गा नदी के बहाव के साथ अपने गंतव्य की ओर बढ़ चला। इसी बीच लोगों की नजरों से बचकर दोनों आँखें एक बार मिलीं जिसने यह इशारा किया कि वह काग़ज़ तुम्हारे नाम की है, उठा लो।

असीम उत्कंठा के बीच भावनाओं को ज़ब्त करने की जो मजबूरी होती है, ऋषि फ़िलहाल उसी से गुज़र रहा था। वह चाहता तो था कि भागकर, दौड़कर, झपटकर उस काग़ज़ को उठा ले। मगर उसे यह भय भी था कि उसकी यह जल्दी, उसकी यह बेसब्री मौजूद लोगों की नज़र से बच नहीं पाएगी। प्रेम यदि है तो वह बदनाम होना गँवारा कर सकता है, बदनाम करना नहीं।

ऋषि इन्हीं मजबूरियों से बँधा काग़ज़ के अपने समीप आने का इंतज़ार करता रहा। मनु घुटने तक पानी में खड़ी अपने दोस्तों से बातें करते हुए भी काग़ज़ का ऋषि तक पहुँचने का इंतज़ार करती रही। काग़ज़ अंततः ऋषि के हाथ में आ ही गया। पढ़ने के साथ उसके चेहरे पर बनते-बिगड़ते भाव मनु के चेहरे पर बज़ाहिर मुस्कुराहट लाते रहे। पढ़ने के बाद वह काग़ज़ मसलकर फेंकना चाहता था; मगर फिर उसे मोड़कर ऊपरी जेब में रख लिया। प्रेम ख़ुशी-ग़म, रिश्ते-नाते, चिट्ठी-पत्री, यादें-वादे सबकुछ सहेजना सिखा ही देता है। वह क्षण भर को निर्भाव-सा मनु को देखता रहा जिसके चेहरे पर हँसी, बदमाशी, चुहल और विजय के मिश्रित भाव तैर रहे थे।

फिर अचानक ऋषि कुछ सोचकर आगे बढ़ा। मनु उसे आगे आता देख डर गई। वह धीरे से पानी से निकलकर घाट के किनारे सबसे आगे खड़ी हो गई। ऋषि ने पानी में ही आगे बढ़ते वक़्त जो योजना बनाई थी वह मनु के निकल जाने से अधूरी रह गई।

निराशा का एक क्षण वह अभी पूर्ण भी नहीं कर पाया था कि एक

*गर्गा – एक पहाड़ी नदी

आवाज़ ने ऋषि की तंद्रा भंग कर दी–

"बबुआ जी, अर्घ्य का वक़्त हो गया है। आ जाइए।" यह आवाज़ ऋषि के लिए थी।

उसे अब सूर्यदेव को अर्घ्य देकर लौटने की तैयारी क़रनी थी। वह अर्घ्य देने के लिए आगे बढ़ा।

प्रकृति प्रेमियों की सहाय्य रही है। वह समय के साथ मिलकर संभावनाएँ रचती रहती है। यहाँ भी प्रकृति ने एक अजीब संभावना रची थी। ऋषि ने देखा कि वह जहाँ खड़ा है उसके ठीक आगे पानी में मनु का साफ़ पारदर्शी अक्स बन रहा था। उसके अक्स ने ऋषि के मन की संभावित शैतानियाँ जगाई। उसने एक दफ़ा चोर नज़रों से मनु की ओर देखा और फिर पानी में बन रही मनु की परछाईं की ओर।

अब मनु की जगह ऋषि के चेहरे पर कुटिल और विजयी मुस्कान थी। मनु पानी में बनते अपने अक्स को देख तो चुकी थी; मगर फिर भी वह ऋषि का मन पढ़ पाने से कोसों दूर थी। उसे ऋषि से ऐसी किसी उद्दंडता की उम्मीद ही नहीं थी; जो वह अब करने वाला था।

ठीक मनु के अक़्स के पास वह रुका। फिर आँखें बंदकर सूर्य को प्रणाम कर अर्घ्य का पात्र लिए नीचे पानी की ओर झुका और पानी में बन रही मनु की परछाईं के होंठों पर अपने होंठ रख दिए।

अर्घ्य से उसने जब सिर उठाया तो देखा कि मनु प्रेम और शर्म की दोहरी मार के कारण ठीक डूबते सूरज के रंग की हो गई है। गुलाबी। ऋषि की नज़रें उससे मिली मगर आँखें कुछ बात कर पातीं उससे पहले ही ऋषि ने मनु के ठीक पीछे से आती प्रज्ञा को देख लिया और अपनी आँखें बंद कर लीं। प्रज्ञा मनु को कुछ दिखाने के बहाने खींच ले गई।

सूर्यास्त हो चुका था। हवाओं में शीत घुल गई थी। प्रज्ञा ने अपनी स्वेटर तक निकाल ली मगर मनु वैसी ही जड़वत खड़ी रही। इस वक़्त–इस लम्हा वह काठ की–सी हो गई थी। उसके चेहरे पर प्रज्ञा की बातों को सुनकर एक बनावटी मुस्कान तो थी मगर वह इस वक़्त कुछ सोच–समझ पाने से परे थी। वह उस लम्हे से नहीं निकल पाई थी जो अभी–अभी होकर गुजरा था। घाट से चलने का वक़्त हो गया था। ऋषि को डलिया उठाने का मनुहार

फिर हुआ। डलिया उठाए हुए वह जाना तो मनु के पास से होकर ही चाहता था; मगर मनु औरतों में घिरी थी और उधर जाना ख़तरे से ख़ाली नहीं। बातें फैलते देर नहीं लगती और अब तो दोनों की हावभाव से भी प्रेम टपकने लगा था। किसी भाभी ने अगर ज़रा-सा ध्यान दे दिया तो प्रेम का पकड़ा जाना तय था। यह जानकर उसने दूसरी ओर से आकर डलिया उठाई। व्रतियों की टोली डलिया उठाए ऋषि के पीछे-पीछे घर की ओर चल पड़ी। मनु अबकी छठी मइया की गीत के बोल दुहराने की कोशिश कर रही थी-

"उहवे जे बाड़ी छठी मइया
बहँगी उनुका के जाये।"

गीत याद हो जाना ज़रूरी था। कल फिर यही गाते हुए सूर्योदय के अर्घ्य के लिए आना भी तो था।

***

लौटते-लौटते शाम ढल गई। अगला अर्घ्य चूँकि उगते सूर्य का होता है इसलिए मुँह अँधेरे ही निकलना पड़ता है ताकि सूर्योदय से पहले घाट पर पहुँचा जा सके। शाम से रात तक का वक़्त व्रतियों की झपकही, लड़कियों की बतकही का और लड़कों के रतजगे का होता है। लड़कों को फिर भोर के तीन बजे से ही डलिया लेकर घाट की ओर चलना था; इसलिए लड़के आज सोएँगे नहीं। उन्होंने मुहल्ले में ही बिजली के पोल से खींचकर पीली वाली बल्ब लगाकर रोशनी की और रात भर जागने के लिए बैडमिंटन, ताश, शतरंज और कैरम की बिसात तैयार कर ली थी।

और लड़कियाँ? लड़कियों के पास न काम की कमी थी न बातों की। भाभियों की चुहल, ननदों की खींच और सासों के निर्देश जारी थे। मनु को चूँकि सुबह भी घाट जाना था और उसे प्रज्ञा को साड़ी भी पहनानी थी इसलिए वह आज रात प्रज्ञा के घर ही रुकी। मनु हर साल ही छठ में शामिल होती रही थी और बात पड़ोसियों की थी, इसलिए छाबड़ा साहब ने भी इंकार नहीं किया। देर रात तक औरतें जलसा करेंगी। बंद दरवाज़ों के पीछे ऐसे जलसे औरतों को बंदिशों से आज़ाद करने के अवसर होते हैं।

गीत, संगीत, ढोलक, थाप, छेड़, तंज़-ओ-मज़ाक़ के साथ जलसा ख़त्म हुआ। मुहल्ले की औरतें अपने-अपने घर को निकल पड़ीं। तीन-चार घंटे की नींद लेनी भी ज़रूरी थी क्योंकि फिर सुबह ही घाट को निकलना भी था। कमरे में प्रज्ञा और मनु ही रह गईं। प्रज्ञा भी थकान के मारे एक ओर लुढ़क गई।

मगर मनु की आँखों में नींद नहीं थी। उसे भी अगले तीन-चार घंटों में उठना ही था; मगर उसकी नींद उचाट होने का कारण कुछ और था। वह कमरे से निकलकर छत पर टहलने लगी। घाट पर की गई ऋषि की बदमाशी उसके शरीर में अब भी हरारत पैदा कर रही थी। लगातार नाचते हुए भी उसके ज़ेहन में बस ऋषि का झुककर उसकी परछाईं को चूम लेना ही घूमता जाता था।

हवाओं में शीत थोड़ी और बढ़ गई थी। लड़कों ने बाहर ही खिचड़ी बनाने का समाधान कर लिया था। बात-बेबात मुँह से धुआँ निकलता जा रहा था। मुँह से निकलते धुएँ का फ़ायदा उठाकर ऋषि ने सिगरेट का एक कश छिपाकर खींच लिया। हथेली के पीछे से सिगरेट छुपाते हुए ऋषि ने सिगरेट साथी को बढ़ाई जो उसके साथ शतरंज खेल रहा था। ऋषि इस बात से अनभिज्ञ था कि बल्ब की पीली रोशनी से छानकर कोई उसे अपलक देख रहा है। इतना और इस क़दर कि यदि कोई उसे देखते हुए देख ले तो कल ही ऋषि के नाम से बदनाम कर दे। वैसे भी अब दोनों प्रेम के उस पड़ाव पर थे जहाँ प्रेम चेहरे पर ककहरे की तरह चस्पा हो जाता है जिसे कोई भी पढ़ सकता है।

मगर देखने वाले को इसकी परवाह कहाँ थी! मनु को इसकी परवाह कहाँ थी! उसे तो परवाह उस इंसान की थी जो हथेलियों के पीछे छिपाए सिगरेट पिए जा रहा था। उसने दुबारा जब ऋषि का हाथ मुँह की ओर जाता देखा तो बनावटी खाँसी निकाली। ऋषि के मुँह में भरा धुआँ डर से सरक गया और उसे असली खाँसी आ गई। मनु यह देखकर मुस्कुरा पड़ी और फिर दुबारा खाँसने का अभिनय किया। खाँसी की यह लय-ताल ऋषि समझ गया। वह दुबारा खाँसते हुए अपने दोस्त से ठंड का बहाना कर स्वेटर लाने की बात कहता हुआ उठ गया। उठते वक़्त ही उसने देखा कि प्रज्ञा की छत पर

टहलता वह साया उसी का मुंतज़िर था। इशारों में जो बात हुई वह ऋषि समझ गया। इसलिए वह स्वेटर लाने के बहाने अपने घर के गेट में घुसा तो; मगर पिछले रास्ते से चार फ़ीट की बाउंड्री लाँघकर प्रज्ञा के घर में पहुँच गया।

व्रती थककर ऊँघ-से गए थे। बच्चे और लड़कियाँ भी। नींद तो बस प्रेम-आकुलों को नहीं आती। लगन हर वह काम कराती है जो वर्षों बाद सोचने पर पागलपन लगे। ऋषि इसी लगन में पाँव दबाकर सीढ़ियाँ चढ़ रहा था। हाँ, मगर चोर भाव से भी नहीं जा रहा था। उसके चोरी-चोरी जाने में भी एक गरिमा थी। एक आत्मविश्वास था। वह पहला माला पार कर गया। दूसरे माले पर भी कोई समस्या उसे नहीं दिखी। दिखी तो छत की ओट में खड़ी मनु। जिसकी आँखों को देखकर ऋषि ठिठक-सा गया। यदि वह सही पढ़ पा रहा था तो उसकी आँखों में आज शैतानी नहीं; स्वीकार्यता थी। समर्पण। यह भी कि वह उसकी बाँहों में ख़ुद को निढाल छोड़ देना चाहती थी। ग़लत या सही मगर यही ऋषि पढ़ पा रहा था। ऋषि और मनु के बीच दो हाथों की दूरी रह गई थी। मनु ने अपने हाथ की दूरी ख़त्म कर दी। छत के दरवाज़े की ओट से ही उसने अपना हाथ बढ़ा दिया। ऋषि को अपना हाथ बढ़ाकर उसे थाम लेना था। सीढ़ी का आख़िरी पायदान शेष था।

मगर प्रेमियों की क़िस्मत में सीढ़ियाँ नहीं होती। पहाड़ होते हैं, दरिया होता है। टूटे तीर होते हैं, मुश्किलें होती हैं।

ऋषि ने अभी हाथ बढ़ाने का सोचा ही था कि एक आवाज़ ने उसे ठिठक जाने पर मजबूर कर दिया।

"बबुआ जी, यहाँ क्या कर रहे हैं?"

आवाज़ प्रज्ञा की भाभी की थी। वह सबकुछ व्यवस्थित कर सोने जाने की तैयारी में थीं। मनु ने आवाज़ सुनते ही अपना हाथ वापस खींच लिया। वह अब वहाँ खड़ी भी नहीं थी; जहाँ अभी कुछ देर पहले तक थी। मगर यह समस्या मनु को नहीं ऋषि को झेलनी थी। उसने अविचलित भाव से कंधे पर से गमछा उतारते हुए कहा -

"भाभी जी, यह पूजा का अँगौछा रह गया था। सिर पर रखे थे। वही डलिया के पास रखने आए थे। अभी खाना खाने जाएँगे तो जूठा हो जाएगा।"

"उसकी चिंता मत कीजिए। कल आपको दूसरा अँगौछा दिया जाएगा। यह आपका हुआ। जाइए आप भी थोड़ा आराम कर लीजिए। थक गए होंगे और कहिए तो हम ही हाथ-पैर दबा दें।" भाभी ने अपने पद के अनुकूल मज़ाक़ किया।

"भइया के रहते तो नहीं कहती हैं ऐसा! भइया के रहते कहिए तो हमें भी लगे कि आप गंभीर हैं।" ऋषि ने हँसते हुए कहा।

"कह देंगे, हमको क्या डर लगा है आपके भइया से।" भाभी ने भी हँसते हुए ही जवाब दिया।

"ठीक है। आने दीजिए उनको भी। दोनों भाई सेवा का मौक़ा देंगे आपको।" कहते हुए ऋषि नीचे उतर गया। ऋषि की साँसें संयत हो गईं कि बात नहीं बढ़ी। मनु की साँसे उद्विग्न हो गईं कि बात नहीं बनी। दो होंठ फिर अछूते ही रहे।

***

ऋषि जब स्वेटर लेकर बाहर आया तो देखा कि लड़के चाय पीने बस स्टैंड की ओर निकल गए थे। मटके में उसके हिस्से की खिचड़ी यों ही रखी हुई थी। उसने दोने में खिचड़ी निकाली और चबूतरे पर बैठ गया। खाते हुए उसने आदतन छत की ओर देखा। उसने देखा कि मनु अब भी वहीं खड़ी थी। उसे हैरानी हुई। उसने झूठा ग़ुस्सा दिखाते हुए मनु को सो जाने का इशारा किया। मनु को उसके इशारे पर हँसी आ गई। मनु ने ऋषि को सो जाने का इशारा किया। खाना ख़त्म करते ही बोकारो स्टील प्लांट से आती सायरन की आवाज़ ने यह जाहिर किया कि रात के एक बज गए हैं और अब बस दो घंटे के बाद घाट को चलना है। दो घंटे के लिए क्या सोना! सो ऋषि चबूतरे पर बैठकर इशारों में घर बनाता गया। मनु छत पर बैठी इशारों में ही घर सजाती गई। प्रेमी एकाध सदियाँ तो इशारों में ही जी लेते हैं।

ऋषि के दोस्तों के चाय पीकर लौटने तक तीन बज चुके थे। मनु उसके दोस्तों को आते देख छत पर से हट चुकी थी। घरों की बत्तियाँ जलने लगी थीं। छठी मैया के गीत कानों तक आने लगे थे।

लगभग एक घंटे के बाद दृश्य फिर वही था। ऋषि समेत सारे लड़के

सिर पर डलिया लिए हुए घाट को चल पड़े। व्रतियों सहित पूरा परिवार उनके पीछे छठ गीत गाते घाट की ओर चल पड़ा। घाट के रास्ते में अँधेरा भी था और ऋषि के हाथ भी डलिया पकड़े हुए थे। यह मनु के लिए सुनहरा मौक़ा था। मगर मनु अब ऋषि को तंग करना नहीं चाहती। मनु ने महसूस किया कल से आज सुबह तक में बहुत कुछ बदल चुका था।

घाट पर पहुँचकर डलिया रख देने के बाद ऋषि ने मनु को देखा। हरे रंग की साड़ी में वह दूर से ही दिख रही थी। अपने दोस्तों से बात करते वक़्त वह बेबात हँस रही थी। ऋषि अपने दोस्त के कैमरे में रील भरकर लाया था। वह भाभियों के बहाने सिर्फ़ मनु की तस्वीर उतारता गया। मनु उसकी चालाकियाँ समझकर हँसती रही और दोस्तों के पीछे छुपकर उसे परेशान भी करती जा रही थी। ऋषि ने अर्घ्य होते-होते पूरी रील की छत्तीस तस्वीर उतार ली थी।

अर्घ्य पूरा हो गया। ऋषि ने फिर पानी में उतरकर सूर्य आराधना की और जल अर्पण करने के बाद डलिया उठा लिया। छठ मैया से सबकी मुरादे पूरी करने की प्रार्थना के साथ लोग घाट से वापिस हुए। ऋषि ने कुछ मुराद माँगी। छठी मैया जानती हैं कि मनु ने भी वही मुराद माँगी थी। लोग डलिया उठाए घर को लौट चले थे।

***

घाट से लौटकर ऋषि पर बे-हिसाब थकान तारी थी। 5-6 किलोमीटर पैदल चलने से उसके पाँव जवाब दे चुके थे। दो दिनों से नींद पूरी न होने के कारण वह घर आकर नहाकर बिस्तर पर लेटते ही बेसुध हो गया। निढाल। इसी बेसुध अवस्था में उसे लगा कि वह सपना देख रहा है और सपने में उसके खुले दरवाज़े से 'चाँद' घुस आया है। चाँद ने ही दरवाज़े की साँकल भी चढ़ा दी है। नापते क़दमों से चलता हुआ उसका चाँद अचानक ही उसके चेहरे के ऊपर झुक गया है; उसे महसूस होता है। उसे यह भी महसूस होता है कि चाँद की ज़ुल्फ़ें उसके गर्दन और सीने पर बिखरी हुई हैं। उसे फिर लगता है कि वह सपना देख रहा है और वह इसे सपना ही समझता हुआ करवट भी बदल लेता अगर उस झुके हुए बालों में से कुछ बालों ने उसके

नाक में खुजली न उठाई होती। उसे छींक आने ही वाली है कि उसके चेहरे पर झुका हुआ चाँद अपने होंठों से उसके होंठ बंद कर देता है।

तवील ख़ामोशी है। लंबी। बेसुध से दो जिस्मों के बस होंठों में ही लरज़िश है। कँपकँपाहट है। हरकत है। बाक़ी सारा जिस्म बेहिस है। बे-हरकत।

उनींदे ही ऋषि को लगा कि उसने गुलाब का अर्क़ पी लिया है। बावजूद इसके वह बेजान ही पड़ा रहा। निश्चेष्ट। चाँद गुलाबी अर्क़ उड़ेलकर हट गया। हटते हुए ही उसने देखा कि ऋषि यूँ ही मख़मूर पड़ा है। उसे ऋषि की इस बेहोशी पर हँसी आई। उसने ऋषि की पेशानी पर आए बालों को हटाकर उसका माथा चूम लिया और चुपके से निकलकर छत की जानिब चली गई।

ऋषि की बेहोशी अचानक टूटी। उसे आभास हुआ कि कुछ हुआ है! और जो कुछ हुआ है, कहीं वह हक़ीक़त तो नहीं है! मगर वह तो सोया था। यह सपना भी हो सकता है। उसने अपने होंठों पर हाथ रखा। वही गुलाब की ख़ुशबू अभी तक बाक़ी थी। यह मोजज़ा है! चमत्कार! ऐसा कैसे हो सकता है? उसे लगा कि वह पागल हो जाएगा। हुआ क्या है! यह कौन बताएगा? वह दौड़कर छत की जानिब भागा; जहाँ चाँद सड़क की ओर देखते हुए भी उसी के इंतज़ार में था। उसे पता था मख़मूरियाँ टूटेंगी और शराबी भागता आएगा।

"एक बात पूछूँ?" ऋषि ने पहुँचते ही सीधा कहा।

"हूँ।" मनु ने भी उसे बिना देखे हुए ही सड़क की ओर ताकते हुए कहा।

"अभी कुछ हुआ क्या?" ऋषि ने एक क्षण रुककर कहा।

"हूँ।" मनु ने फिर हामी भरी।

"क्या?" ऋषि सुनना चाहता था।

जवाब जानने की जल्दी ऋषि को थी; जवाब देने की जल्दी मनु को नहीं थी और फिर वह जवाब दे भी तो क्या? आत्मीय क्षण बोलकर हल्के नहीं किए जाते। वह फिर भी ऋषि की ओर मुड़ी और उसे हाथों से पकड़कर सीढ़ियों की तरफ़ लाई। सीढ़ियों की ओट में। जहाँ उन्हें देखने वाला कोई

नहीं। उसने फिर ऋषि की आँखों में आँखें डाली और पूछा-

"कुछ नहीं याद?"

"नहीं। याद तो है मगर...।" ऋषि ने रुकते-ठहरते हुए कहा।

"शैंपू कम पिया करो सरदार मेरे। कुछ तो होश रहा करे।" कहते हुए मनु ने ऋषि के दोनों हाथों को पकड़कर अपने गिर्द समेट लिया। ऋषि अब आश्वस्त था कि वह सपना नहीं देख रहा था। वह ख़ुश था। दोनों ही ख़ुश थे। उसने बाँहों का घेरा तोड़ा और मनु को ठोड़ी से उठाया। भावातिरेक में फिर चाँद की आँखें बंद हो गईं। दो जोड़ी होंठ एक दफ़ा फिर से लरज़े। अबकी दफ़ा पुरहोश। साँसों का ज्वार चढ़ता चढ़ता ही रहा। वक़्त मूक गवाह बना रहा।

ज्वार का क्षण बीतते ही ऋषि मनु से अलग हुआ। ज्वार के बाद की स्थिति दोनों की ही एक जैसी थी। मनु को चुप-सी लगी थी और ऋषि बदहवास-सा था। उसे समझ ही नहीं आ रहा था कि क्या कहे। उसने इसी बदहवासी में हवाओं के साथ होकर गुज़री एक महक की बाबत कहा-

"ये चंदन की ख़ुशबू आई ना!" ऋषि के इतना कहते ही मनु ने उसके होंठों पर अपनी तर्जनी रख दी।

ऋषि ने कुछ कहा तो नहीं मगर भँवें उठाकर कारण पूछा।

"श्श्श! मम्मी कहती हैं जब कोई बे-साया ख़ुशबू हवाओं में तैरे तो उसे टोकना नहीं चाहिए।"

"क्यों!" ऋषि ने पूछा।

"कोई नज़र लगा रहा होता है।" मनु ने ऋषि की आँखों में देखते हुए कहा।

"अच्छा! तुम्हारे अलावा और कौन लगाएगा! इतनी बड़ी आँखों को भी नजर लगती हैं क्या?" कहते हुए ऋषि ने मनु की उँगली अपने होंठों से हटाई। दो जोड़ी आँखें और दो जोड़ी होंठ एक बार फिर एक साथ बंद हुए।

ऋषि ने महसूस किया शराब व्यर्थ चीज़ है। उसने महसूस किया कि गरम साँसों से ज़्यादा मदिर, ज़्यादा मोहक कुछ नहीं। उसने महसूस किया कि काँपते होंठों से ज़्यादा स्निग्ध कुछ नहीं। उसने महसूस किया कि साँसें

चढ़ती जा रही हैं और वक़्त रुकता जा रहा है।

'वक़्त।' सबसे प्रबल। सबसे समर्थ। वक़्त अगर मेहरबानी पर आए तो छठ के दिन यानी 29 अक्टूबर को माँगी मुराद घर पहुँचते-पहुँचते मुँह को लग जाती है। मगर वक़्त अगर नामेहरबान हो तो अगले 48 घंटे बाद की तारीख़ होती है-

31 अक्टूबर 1984

INDIRA GANDHI SHOT DEAD

Attack by security men at 1, Safdarjang Road

One assailant killed, another held

कौन जनम के पाप सखी री

छाबड़ा साहब आज सुबह से बहुत ख़ुश थे। सियालकोट में भारत और पाकिस्तान के बीच दूसरा एक दिवसीय मैच था। क्वेटा में हुआ पहला मैच भारत अपने बल्लेबाजों की नाकामी और पाकिस्तानी अंपायरों की कामयाबी की वजह से हार गया था।

तो ख़ुशी की वजह क्या थी? ख़ुशी की वजह थी 'लाला अमरनाथ' का लड़का। अपना पंजाबी पुत्तर 'मोहिंदर अमरनाथ' आज कप्तानी करने वाला था। दौरे के कप्तान सुनील गावस्कर ने किसी कारणवश दूसरा मैच नहीं खेलना था और इसी कारण अमरनाथ को कप्तानी का मौक़ा मिला था।

छाबड़ा साहब ने सुबह से ही रेडियो अपने क़ब्ज़े में लिया हुआ था। आती-जाती रेडियो फ्रिक्वेंसी में भी छाबड़ा साहब ने सुन लिया था कि सियालकोट के जिन्ना स्टेडियम में मोहिंदर अमरनाथ ने टॉस जीतकर बल्लेबाजी का फ़ैसला किया है। वह लड़के की दूरदर्शिता से ख़ुश हुए थे। मुदस्सर नज़र, ताहिर नक़्क़ाश, तौसिफ़ अहमद के होते हुए पाकिस्तान को पाकिस्तान में रनों का पीछा कर हराना नामुमकिन ही है। मोहिंदर को पहले ही कप्तान बनाना था। उन्होंने सोचा और कान को रेडियों के और नज़दीक ले गए।

11 बजे के आसपास प्रसारण एक अजीब-सी ध्वनि के साथ कट गया। उन्हें लगा कि रेडियो की फ्रिक्वेंसी में गड़बड़ी है। उन्होंने रेडियो का एन्टेना बाहर निकाला ही था कि तभी रेडियो चलने लगा। रेडियो मगर अब

उसी स्टेशन पर क्रिकेट प्रसारण की जगह यह दुखद समाचार दे रहा था कि प्रधानमंत्री श्रीमती इंदिरा गाँधी को आज तड़के गोली मार दी गई है। कहा जा रहा है कि प्रधानमंत्री जी पर हमला उन्हीं के दो 'सिख' बॉडीगार्डों ने किया है। बार-बार, लगातार इस 'सिख' शब्द पर ज़ोर दिया जा रहा है। यह भूलकर कि शिष्य शब्द का यह अपभ्रंश महज़ एक शब्द न होकर ओज, वीरता और स्वाभिमान का पर्याय भी है।

छाबड़ा साहब जड़ हो गए। उन्होंने चलती हुई रेडियो वैसे ही रख दी। वह यह भी भूल गए कि लाला जी का बेटा आज जिस मैच में कप्तानी कर रहा है वह भी पूरा ही नहीं हो पाएगा। लाला जी का बेटा फिर कभी कप्तान नहीं बन पाएगा। उन्हें दूसरी बड़ी चिंता ने घेर लिया। चिंता अपने क़ौम की। अपने लोगों की। अपनी बीवी की। अपनी बेटी की। उनकी चिंता जायज़ थी। चिंता यह कि देश के प्रधानमंत्री पर हमला हुआ था और हमलावर सिख ही थे।

शाम होते-होते प्रधानमंत्री की मौत के साथ-साथ दिल्ली के एम्स इलाक़े में दंगे भड़कने की ख़बर अब रेडियो से ज़्यादा लोगों के ज़बान पर आ गई। छाबड़ा साहब ने कैंटीन से लौटते हुए सिख होने का, गद्दार होने का तंज़ सुना और यह भी कि राष्ट्रपति जो कि ख़ुद सिख है वह भी सुरक्षित नहीं है। उनकी कार में भी टायर फेंकने की कोशिश की ख़बर भी उन्होंने सुनी।

मगर उन्हें राष्ट्रपति की चिंता नहीं थी। उनकी चिंता करने को राष्ट्र था। उन्हें चिंता इस शहर में अपने और अपने लोगों की थी। चिंता यह थी कि क्या यह तनाव सैकड़ों मील दूर मेरे 'बोकारो' तक भी पहुँचेगा? क्या हम अपने घर में भी महफ़ूज़ नहीं? बोकारो तो मेरा शहर है, मेरे अपने लोग हैं, मेरे भाई-बंध हैं। तक़्सीमी सियासत से महरूम। क्या ये भी वैसा ही करेंगे जैसा वह रास्ते भर सुनते आए हैं? क्या वह सुनते आए हैं या उन्हें सुनाया गया है।

इन्हीं उधेड़बुन में डूबे-बुझे मन से जब छाबड़ा साहब अपने घर में घुसने लगे तो उन्होंने ऋषि के कमरे के बाहर चार जोड़ी चप्पलें देखीं। यह असामान्य बात इसलिए भी थी कि इतने दिनों में ऋषि ने किसी को अपने

घर पर नहीं बुलाया था। छाबड़ा साहब को एक बार ख़याल आया कि बाहर तक आने वाली फुस्फुसाहट अचानक बंद क्यों हो गई। पर कुछ सोचकर वह धीरे-धीरे सीढ़ियों से ऊपर अपने घर में दाख़िल हो गए।

नीचे ऋषि के कमरे में बंद फुस्फुसाहट फिर तेज़ हो गई।

"नेता भइया बुलाए हैं।" चार लोगों में से 'पहले' ने कहा।

"अभी?" ऋषि ने पूछा!

"हाँ अभी।" पहले ने ही जवाब दिया।

"क्या बात है?" ऋषि अचंभित है वह बेवक़्त बुलाए जाने का कारण जानना चाहता है।

"हमको क्या पता? जैसे तुम वैसे हम। अब चलो।" पहले ने कठोर-सा जवाब दिया। ऋषि ने सवाल के जवाब के लिए 'दूसरे' की तरफ़ देखा मगर 'दूसरे' ने भी कंधा उचकाकर अनभिज्ञता ही ज़ाहिर की।

"कल शोक सभा के लिए आदमी जुटाना होगा। चलो।" कहकर ऋषि ने पाँव में चप्पल डाले और बाहर निकल गया। सड़क और बाज़ार में माहौल भारी है। लोग दुखी थे और क्रुद्ध भी। आम धारणा यह थी कि सिखों की ग़लती है। उनका मन बढ़ गया है। निहत्थी औरत पर गोली चलाना कहाँ की बहादुरी है इत्यादि। रास्ते भर की सवाल-ओ-दलील समेटे ऋषि चारों समेत वहाँ पहुँचा, जहाँ उसे बुलाया गया था। हॉल ठीक-ठाक ही बड़ा था और वहाँ उसके अलावा तीस-चालीस लोग और थे जिन्हें वह नहीं पहचानता था। वह देर से ही पहुँचा था और जो पहली बात उसके कानों में पहुँची, वह सीधे मर्म पर चोट थी -

"घर में अगर औरतें हैं; तो मेरे भाई एक काम करो; उन्हें ज़हर चटा दो। क्योंकि रक्षा अब तुमसे हो नहीं पाएगी और सरेआम नंगा होते देख नहीं पाओगे।" कहने वाला गरजा।

मौजूद लोग अब भी बात को पूरी तरह समझ नहीं पाए। देश की प्रधानमंत्री की हत्या हुई है। शोक की बात है और क्रोध की भी। वह समझ रहे हैं लेकिन इससे उनके घर की औरतों, बच्चियों का क्या सरोकार? वह निर्भाव खड़े रहे। गरजने वाले ने फिर सिर उठाया-

"भरोसे से बड़ा कुछ नहीं होता। भरोसा था तभी मैडम जी ने अपनी

सुरक्षा में इन्हें रखा था, यह जानते हुए कि उन्हें ख़तरा है। लोगों ने बहुत समझाया था कि भरोसे लायक़ नहीं हैं ये। मगर प्रधानमंत्री जी नहीं मानी। आख़िर कर ही दिया विश्वासघात इन्होंने। इकतीस गोलियाँ दागी है उस निहत्था औरत पर! पता है आप लोगों को?" कहते हुए उस शख़्स ने अपने रुमाल से अपना चेहरा छिपा लिया। वह रो रहा था या रोने का अभिनय कर रहा था यह अंतर कर पाना मुश्किल तो था; मगर इस दुःख या दुःख की अदाकारी ने अबकी दफ़ा असर किया। लोग अब अभिप्राय समझने लगे थे। उनकी नसें फूलने लगी। हाथ भींचने लगे। नफ़रत का छिड़काव लोगों पर अनुकूल असर करने लगा। ऋषि भी अब इस बुलावे का अर्थ समझ पाया और मन-ही-मन डर गया। उसे लगा कि कुछ बुरा होने वाला है। संगठित रूप से। उसे प्रधानमंत्री की हत्या का दुःख तो था और अगर वह अपना मन टटोले तो रोष भी। मगर यह रोष सिर्फ़ चंद लोगों से था जिन्होंने यह अपराध किया था। लम्हों की ग़लतियों के लिए सदियों को सज़ा नहीं दी जानी चाहिए, वह यह मानता था। अचानक ही उसके आँखों के सामने मनु का भोला चेहरा घूम आया। बातों के घुमावदार होने से ही ऋषि समझ गया था कि नेता भइया सिखों से बदले की बात अब-तब कहने ही वाले हैं। उसे आने वाले वक़्त की नृशंसता का भान तो नहीं था; फिर भी वह अपने घर को बचाने की जुगत सोचने लगा। अपना घर। डी-चार बटे तेरह। जिसमें मनु थी और मनु के होने से ही उसके माता और पिता भी थे। वह सोचता जाता था। उधर नेता आँखें साफ़ करता हुआ मुद्दे पर आ ही गया-

"देखो भाई, इस देश में तो प्रधानमंत्री ही सुरक्षित नहीं है। फिर हमें अपनी सुरक्षा की ज़िम्मेदारी ख़ुद ही लेनी होगी। लेनी होगी कि नहीं?" वह फिर गरजा।

"हाँ-हाँ। लेनी ही होगी।" उन्मत्त हो चुके लोग चिल्लाए। नेता ख़ुश हुआ; मगर ज़ाहिर करना जल्दबाज़ी होती। वह गंभीर बना रहा और कहा-

"मालूम भी है। यह पंजाब में किसी और को नहीं चाहते। कहते हैं 'धोती-टोपी जमना पार'। मतलब हम लोग। हम धोती-टोपी पहने वाले लोग वहाँ नहीं रह सकते। ख़ालिस कहते हैं ख़ुद को। तो हम कौन हुए? मिलावटी। मिलावटी लोगों के लिए पंजाब में जगह नहीं। उन्हें जमना पार

खदेड़ दिया जाए। पंजाब से बाहर। समझे?''

नेता एक क्षण रुका। उसने लोगों के मर्म का परीक्षण किया और फिर मर्म पर ही वार किया–

''और एक तुम हो! सालो, धोती-टोपी वालो! सरदार जी-सरदार जी करते हुए जी-हुज़ूरी करते फिरते हो। पंजाब तो छोड़ो, यह जगह। यह अपनी जगह भी तुम्हारी नहीं रहेगी! ठेकदार कौन? नरूला। तिजारत किसकी? सैनी की। गाड़ियाँ किसकी? दशमेश की। तुम्हारा क्या? धोती और टोपी!'' वह एक साँस में चिल्लाया। उसकी आवाज़ ने पहले से ही उबलती शिराओं में सीधे नफ़रत धकेली। वह अब बात ख़त्म करना चाहता था–

''देखो, अगर एक-एक आदमी ने चार-चार नहीं मारे तो मान लेना कि दूध नहीं पेशाब पिलाया था तुम्हारी माँ ने। और पेशाब बह जाने के लिए ही होता है।'' कही हुई यह बात पूरे कक्ष को अवाक् कर गई। बात ने वहीं चोट की थी जहाँ ध्येय कर यह बात कही गई थी। कमरे का माहौल उबाल पर था। कमरे के भीतर घुसे लोग उन्मादियों में तब्दील हो चुके थे। उन्हें अब अंतिम आदेश की प्रतीक्षा थी। अंतिम आदेश आया–

''जो सरदार मिले; जहाँ मिले मारो। खींच के मारो। निकालकर मारो। दौड़ा के मारो। घसीट के मारो। किसी से डरने की ज़रूरत नहीं है। फ़ैसला कर दो। कोई बीच में नहीं आएगा। पेट्रोल पंपों से, मिट्टी तेल के डिपो से, जो चाहिए, जितना चाहिए ले लो। बग़ल की मेज़ से अपने मुहल्ले के गद्दारों की लिस्ट उठाओ और साफ़ कर दो इस शहर को। फिर कह रहा हूँ जो चाहिए लो; मगर काम पूरा करो।'' वह दहाड़ा।

शिराएँ उन्माद से फट पड़ने की हद तक व्याकुल थीं। उन्मादी निकलने को तैयार थे। तभी नेता ने पूछा–

''तो शुरुआत कहाँ से होगी?''

इस सवाल के जवाब में मुर्दई छा गई। रोष और आक्रोश चरम पर था और उसे बस तीली भर की चिंगारी की देर थी; मगर सब यूँ खड़े थे मानो नेता ने कोई सवाल न पूछकर मंतर पढ़ दिया था और सब बुत हो गए थे। सबों को चुप देख नेता एक क्षण को हताश हो गया और फिर गालियों से उत्तेजना भरने की कोशिश करते हुए दुबारा सवाल दुहरा दिया–

"शुरुआत कहाँ से होगी?"

"चार बटे तेरह से!" अबकी दफ़ा पीछे से आती एक ठहरी हुई आवाज़ ने सबका ध्यान खींच लिया। कमरे में मौजूद लगभग सभी लोग पीछे मुड़कर देखने पड़े।

आवाज़ ऋषि की थी। उसने अपने घर का पता दिया था। बीच के वक़्त में उसने कुछ सोचा था और उस सोच के बाद ही यह जवाब दिया था।

नेता ने छाती में साँस भरकर उसे देखा और कहा–

"खोल के रख दो। बाहर खींचकर मारो। ज़लील कर के मारो। घमंड टूटना ज़्यादा ज़रूरी है। घरों से, टैक्सियों से, ट्रकों से, दुकानों से, मकानों से, कारख़ानों से जहाँ मिल जाएँ वहीं मारो। सड़क पर खींचो और मारो। ठीक है?"

"हाँ। एक साथ आवाज़ आई।" शोर के साथ ही कुछ विशेष लोगों के हाथ में पर्चे बाँट दिए गए जिसमें सरदारों के घरों की पहचान दर्ज थी। उन्मादी अपनी–अपनी राह निकल गए।

ऋषि भी बाहर आ गया। बाहर आकर उसे वस्तुस्थिति की गंभीरता का एहसास दरअसल अब हुआ। वह लोगों का आक्रोश तो देखता आया ही था; मगर अब इसमें राजनीतिक हस्तक्षेप भी शामिल था। वह निकट भविष्य की उस भयावहता को देख पा रहा था जो आने ही वाली थी।

बारूद और भावनाएँ महज़ ताप से भड़क जाती हैं। ताप मिल चुका था, और वह इतना था कि अब इसे कोई शांतिदूत भी शायद ही बुझा पाता। ऋषि यह बात समझ गया था। इसलिए उसने ख़ुद पर ही भरोसा किया था। उसे अपने घर को बचाना था जो इस वक़्त वह इन लोगों के विरुद्ध जाकर नहीं बचा सकता था। उसे इन लोगों के साथ रहते हुए ही अपने परिवार को बचाना था। इसीलिए उसने सबसे पहले अपने घर का नाम लिया ताकि लोग उसकी प्रतिबद्धता पर शक न करें। बाहर आते ही उसने अपनी टोली के सबसे बड़े आदमी से कहा,

"भाई, रात दस बजे। ठीक?"

"हथियार है कोई सरदार के पास?" पहले ने पूछा।

"नहीं, कृपाण हो सकती है। मगर देखा नहीं कभी।" ऋषि ने जवाब

दिया।

"मौका न देंगे कृपाण निकालने का। दस बजे। ठीक दस बजे।" पहले ने कहा और बाक़ी के तीन लड़कों के साथ निकल गया। ऋषि ने उन्हें हर तरह से आश्वस्त कर दिया था कि अपने घरवालों को मारने की ज़्यादा जल्दी उसे ही है। जबकि इसके उलट वह समय लेकर कुछ सोचना चाह रहा था। मगर समस्या यह थी कि उसके पास वक़्त नहीं था। बलवा, दंगा और आपदाएँ वक़्त नहीं देती। उसने अपने घर पर हमले का वक़्त मुक़र्रर तो कर दिया था मगर वह जानता था कि विभीषिकाओं के कोई वक़्त निश्चित नहीं होते। वह तेज़ कदमों से चलते हुए घर पहुँचा और घर पहुँचते ही गेट पर ही ठिठक गया। उसके शरीर में झुरझुरी-सी दौड़ गई।

ऋषि ने देखा कि मकान पर ईंट के टुकड़े से 'एस' का निशान उकेर दिया गया था। वह जानता था कि इस 'S' का अर्थ 'सिख' था। उसके घर की निशानदेही कर दी गई थी जिसकी सूची अबतक बँट चुकी थी। जीवन में दूसरी बार उसे डर लगा। उसने याद किया कि ऐसा ही डर उसने मनु के खो जाने के वक़्त महसूस किया था। उसे महसूस हुआ कि मनु उसके डर की वजह हुई जा रही है। उसकी रूह काँप गई। उसने भीतर आकर फ़ौरन अपने कमरे का दरवाज़ा बंद किया और बैठकर सोचने लगा। इस स्थिति में भी उसका दिमाग़ तेज़ी से काम कर रहा था। इसिलिए उसने तपाक से उन्मादियों का साथ देने की हामी भर दी थी। उसने सोचा था कि वह ऊपर जाकर छाबड़ा साहब को सारी बात बता देगा और उनसे इसी वक़्त घर छोड़कर जाने के लिए कहेगा। छाबड़ा साहब के निकल जाने के बाद वह जाकर उन लड़कों को बताएगा कि उसके मालिक मकान तो निकल रहे हैं। जो करना है अभी करो। लेकिन उनकी तैयारी तो रात की है। दिन होने की वजह से वो कुछ कर नहीं पाएँगे और इस तरह उसपर कोई शक भी नहीं करेगा।

यही सोचते हुए ऋषि तेज़ कदमों से सीढ़ियाँ चढ़ने लगा कि तभी उसे छाबड़ा साहब नीचे उतरते दिखाई दिए।

"इस वक़्त कहाँ जा रहे हैं अंकल?" ऋषि ने उन्हें लगभग रोकते हुए पूछा।

"गेट में ताला लगाने।" छाबड़ा साहब ने कहा।

"लाइए, मैं लगा देता हूँ।" ऋषि ने ताला लेते हुए कहा।

"माहौल ठीक नहीं है। तुम भी घर से बाहर मत निकलो।" छाबड़ा साहब ने ताला खींचकर देखते हुए कहा।

"अंकल। मुझे इसी बारे में आपसे कुछ बात करनी है।" ऋषि ने चाभियाँ थमाते हुए अपनी बात रखी।

"कहो।" छाबड़ा साहब को अशुभ का भान हो गया था।

ऋषि जानता था कि छाबड़ा साहब अस्थमा के मरीज़ हैं और इतनी गंभीर बात उनपर क्या असर कर सकती है; फिर भी उसने सारी बातें और योजनाएँ विस्तार में बता दीं। यह भी उनके घर के बाहर भी निशान लगा दिया गया है।

"और तुम भी उनके साथ हो?" सब सुनकर छाबड़ा साहब ने बस एक सवाल पूछा। जिसका जवाब फ़ौरन ऋषि को नहीं सूझा। एक पल की गहरी साँस लेकर उसने कहा,

"मुझे मेरा घर बचाना है।"

"और तुम्हारे अपने लोग?" छाबड़ा साहब ने पूछा।

"जो मेरे अपने हैं उन्हीं के साथ हूँ।" ऋषि को लगा कि यह बहस निरर्थक है और वक़्तखोर भी। बहस तो वह घंटों कर सकता है मगर वक़्त ही उसके पास नहीं है। इसलिए उसने फ़ौरन मुद्दे की बात की,

"आप बस इतना करें कि आंटी, मनु और कीमती माल-असबाब लेकर अभी-के-अभी किसी रिश्तेदार के यहाँ चले जाएँ या सेक्टर 2-सी वाले गुरुद्वारे चले जाएँ। नहीं-नहीं! रिश्तेदार भी कहाँ सुरक्षित होंगे! ऐसा करें 'गुरु गोविंद सिंह स्कूल' चले जाएँ। मैंने सुना है कि सिख वहीं जमा हो रहे हैं। मामला शांत होने पर फिर वापिस आ जाइएगा।" ऋषि ने जल्दबाज़ी में ही सही मगर समझाने की कोशिश की।

"और जब वापिस आए तो घर पर दूसरे का क़ब्ज़ा पाएँ! अपने ही घर के लिए पुलिस और कोर्ट के दरवाज़े खटखटाएँ! उन्हें एक हफ्ते के भीतर ही अपने ज़िंदा होने का सबूत दिखाएँ या फिर एक बार फिर रिफ़्यूज़ी के सर्टिफिकेट के लिए गिड़गिड़ाएँ और फिर कहीं बदबूदार नाले या सड़ांध के पास बसाए जाएँ! नहीं बेटाजी, नहीं! इस दफ़ा ये नहीं होने का। इस दफ़ा

यहीं मरेंगे। अपने लोगों के बीच और चाहे तो तू ही मार दे।'' छाबड़ा साहब बोलते हुए रुँध गए। ऋषि के पास समय ज़्यादा नहीं था और छाबड़ा साहब मानने को तैयार नहीं थे। उसे जल्दी ही कुछ और सोचना था।

उसे सोचना था सबसे सुरक्षित जगह के बारे में। उसे सोचना था आने वाली काली सुबह के बारे में। उसे सोचना था अपनों के बारे में और सबसे ऊपर; उसे सोचना था मनु के सपनों के बारे में। वह तेज़ी से सोच रहा था। कुछ सोचते हुए ही उसने अचानक सीढ़ियों पर बैठे छाबड़ा साहब को ऊपर चलने को कहा।

''क्या हुआ?'' छाबड़ा साहब ने सिर उठा कर पूछा।

''बस चलिए।'' ऋषि ने उन्हें हाथ से लगभग खींचते हुए कहा। ऊपर कमरे में मिसेज छाबड़ा और मनु दरवाज़े से सटकर नीचे की बातें सुनने की कोशिश ही कर रहीं थीं। माहौल की नज़ाकत और मनु की रेडियो की आदत ने इतना तो बता ही दिया था कि सब कुछ ठीक नहीं है और रही-सही आशंका छाबड़ा साहब ने शाम में गेट बंद कर पूरी कर दी थी। ऊपर पहुँचते ही ऋषि ने सबसे पहले दरवाज़ा बंद किया और हालात फिर से तीनों को बता दीं। यह भी कि ख़तरा जान-ओ-माल का भी है और यही स्थिति कमोबेश पूरे देश की होने वाली है। बिखरकर रह रहे सिखों को ज़्यादा खतरा है; यह बात छाबड़ा परिवार ऋषि की बातों से समझ गया। छाबड़ा परिवार तो पूरी कॉलोनी में ही अकेला सिख परिवार था।

''अब क्या करेंगे?'' मनु ने रुआँसी आवाज़ में कहा।

''आपलोग मेरे कमरे में रहेंगे।'' ऋषि ने लगभग आदेश दिया।

''हम अपना घर छोड़कर कहीं नहीं जाएँगे! ये घर, ये मकान यूँ ही छोड़कर भाग जाने के लिए नहीं लिया था।'' छाबड़ा साहब ज़िद पर अड़े थे।

''आप अपना घर छोड़कर कहीं नहीं जा रहे अंकल। बस यहाँ ख़तरा ज़्यादा है; इसलिए आप नीचे वाले कमरे में जा रहे हैं। देखिए, वे जानते हैं कि नीचे वाला कमरा मेरा है और उसमें ताला भी इस वजह से लगा है क्योंकि मैं उनके साथ बाहर हूँ। उनके पास समय नहीं होगा छानबीन का। एक बार देखेंगे कि ऊपर कोई नहीं है तो हो सकता है कि चले जाएँ और

फिर नीचे वाला कमरा भी तो आप ही का है। मैं तो किरायेदार ठहरा। आज हूँ, कल नहीं।'' ऋषि ने छाबड़ा साहब का हाथ अपने हाथ में लेते हुए कहा।

इस बार जब छाबड़ा साहब ने कुछ नहीं कहा तो ऋषि को विश्वास हुआ कि वह आगे बात कर सकता है। उसने आगे बात छेड़ी-

''आंटी, आप रोइए नहीं और मेरी कुछ बातें ध्यान से सुन लीजिए। घर में जितना भी आलू या कंद है; पका लीजिए। न जाने ये बलवा कितना लंबा चले। पीने का पानी मेरी सुराही में है। यहाँ से ले जाना ख़तरनाक होगा। उससे ही काम चलाना होगा। घर से बस सोने-चाँदी जैसे क़ीमती सामान और कुछ कपड़े ही लेकर चलिए। कुछ कपड़े बिखरा दीजिए और आलमारी खुली छोड़ दीजिए।'' ऋषि ने जब कहना बंद किया तो उसने देखा कि मनु की माँ की जगह मनु रो रही है।

''बेटा जी, सब ठीक तो होगा ना?'' मनु की माँ ने आलू भगोने में डालते हुए कहा।

''जी आंटी। मैं हूँ न। आप फ़िक्र न करें। ऋषि ने छाबड़ा साहब की दवाइयाँ सहेजते हुए कहा,

''वाहेगुरु! किने इम्तेहान लोगे तुस्सी।'' मनु की माँ ने नाक पोछते हुए ख़ुद से ही सवाल किया।

ऋषि ने अचानक यह महसूस किया कि उसकी मौजूदगी से मनु की माँ को शायद अपना क़ीमती सामान निकालने में झिझक हो रही है।

''आप लोग सामान बाँध लें। मैं ज़रा नीचे से होकर आता हूँ।'' उसने छाबड़ा साहब से गेट की चाभी लेते हुए कहा।

नीचे आते ही ऋषि ने सबसे पहले बाहर से जाकर अपनी खिड़की की दरारों से झाँककर ख़ुद को आश्वस्त किया कि बाहर से कुछ दिखता तो नहीं है। क्योंकि उसे पता था कि भीतर से बाहर दिखता है। कमरा छोटा होने के कारण तीन लोग खिड़की के तरफ़ ही बैठ पाएँगे। दरवाज़े के पास बैठना तो यूँ भी ख़तरे से ख़ाली नहीं है। आश्वस्त होने साथ ही के उसने सुराही में पानी भर दिया। वह थोड़ा सुस्ताना चाह रहा था मगर उसे पता था कि अगले कुछ घंटे उसपर बहुत भारी गुज़रने वाले हैं। इसलिए वह उठा और

फिर ऊपर की ओर चल दिया।

ऊपर पहुँचते ही उसने दरवाज़े पर खड़ी मनु को देखा। मनु। मनजीत छाबड़ा। जिसे कभी उसने इतना शांत नहीं देखा था। इतनी उजाड़। इतनी शीतरक्त। इतनी चुप। आज लगता है जैसे सब जान गई है। निर्वाण की स्थिति है। घर के भीतरी दरवाज़े पर टेक लगाए शून्य तक रही है। उसे ऐसे देख ऋषि थोड़ा डर गया; फिर भी ख़ुद को संभालकर मनु की माँ से मुख़ातिब हुआ–

"तैयारी हो गई आंटी?"

"उजड़ने के लिए क्या तैयारी करनी है बेटा जी। बस आपने जो कहा था वो रख लिया है।" मनु की माँ ने कहा।

"आइए फिर, नीचे चलते हैं।" उसने असहाय से पड़े छाबड़ा साहब को उठाते हुए कहा। धीरे-धीरे सीढ़ियाँ उतरकर चारों ऋषि के कमरे में पहुँच गए। छाबड़ा साहब को ज़मीन पर बिठाते हुए ऋषि ने कहना शुरू किया–

"आपलोग ज़मीन पर ही रहना और ज़मीन पर ही सोना। खटिया आवाज़ बहुत करती है। उसपर बैठना ठीक नहीं होगा। और हाँ, कोई कितना भी धमकाए, दरवाज़ा कितना भी पीटे या चाहे कितना भी गिड़गिडाए; दरवाज़ा मत खोलिएगा। हो सकता है कि वे लोग कई-कई बार आएँ; तो एक बार के बाद ही निश्चिंत मत हो जाइएगा।" ऋषि ने एक साँस में कहा।

"तुम भी मारोगे?" छाबड़ा साहब ने अचानक ही पूछा।

"क्या?" ऋषि अचानक हुए सवाल से सकपका गया।

"मैंने पूछा तुम भी मारोगे न उन लोगों के साथ मिलकर?" छाबड़ा साहब ने दृढ़ आवाज़ में पूछा। ऋषि ने कोई जवाब नहीं दिया। दरअसल, इस सवाल का जवाब उसे ख़ुद भी नहीं पता। उसका मक़सद को इस परिवार की सुरक्षा है और वह अभी उसी बारे में सोच रहा है; मगर फिर परिस्थिति किससे क्या करवाए कोई नहीं जानता।

"समय काफ़ी कम है। आप लोग अपना ख़याल रखिएगा। इससे पहले वे लोग आ जाएँ मुझे यहाँ से निकलना होगा। ऋषि ने सवाल टालते हुए कहा और कमरे से बाहर निकल गया। कमरे से बाहर निकलकर उसने बाहर

से ताला लगा दिया।

कमरे से निकलकर ऋषि फिर ऊपर वाले कमरे में गया। उसके मुताबिक कुछ काम अब भी बाक़ी थे। उसने जल्दी से स्टोव जलाई और उसकी आँच बिल्कुल धीमी कर दी। सब्जियों में उसे कुछ आलू मिले। उसने एक छोटे भगोने में ख़ूब सारा पानी लिया और उसमें आलू डालकर धीमी आँच कर स्टोव पर रख दिया। इसके बाद उसने दरवाज़े के सामने भारी सोफ़ा खींचकर लगा दिया। सोफ़े के ऊपर दो पुराने बक्से भी दरवाज़े से सटाकर लगा दिए। जिससे दरवाज़ा खुलने में देरी हो। एक बार उसने घर की स्थिति देखी। सब कुछ क्षत-विक्षत था। उसने घड़ी देखी जो रात के लगभग 9 बजा रही थी। समय कम था। उसने जल्दी से पीछे का दरवाज़ा खोला और सीवर पाइप के सहारे नीचे कूद गया; हालाँकि कूदने में उसे थोड़ी चोट भी लगी; पर उसे अनदेखा कर वह चौक की जानिब दौड़ पड़ा।

सखी री, यह जग बैरी

दंगे की रात का अपना ही सन्नाटा होता है। बाक़ी सारी ख़ामोशी से अलहदा। बिल्कुल अलग। यह आपको डराता नहीं, मरने से पहले की ख़ामोशी सुनाता है। सब कुछ सामान्य रहते हुए भी कितना असामान्य! यह सन्नाटा न जाने क्यों झिंगुरों को सबसे पहले सुनाई देता है। यह सन्नाटा तब टूटता है जब बलवाई चिल्लाते हैं और झिंगुर चुप हो जाते हैं। ऐसा ही शोर जब चौक की ओर से आना शुरु हुआ तबतक ऋषि चौक पहुँच ही गया था। उसने देखा कि लगभग दस की झुंड में कुछ लोग एक जीप फूँक रहे हैं। उसके पहुँचते ही 'पहले' ने उसे पहचाना।

"क्या पार्टी! बड़ी जल्दी मचा है तुमको? 'समान' पे नज़र है कि 'सामान' पे? अरे हम लोग तो आ ही रहे थे अनुष्ठान शुरू करने।" पहले ने बेशर्म हँसी हँसते हुए ऋषि के कंधे पर हाथ रखकर बेहूदी बात की; जिसे समझकर भी अनजान बनना आज ऋषि की मजबूरी थी।

"वही तो बताने आया हूँ भाई। मुझे लगता है कि उन्हें शक हो गया है और वे कहीं निकलने वाले हैं। मुझे मकान-मालिक ने टैक्सी बुलाने को कहा है। बस वही दौड़ा-दौड़ा आया हूँ।" ऋषि ने हाँफते हुए कहा।

"अभी निकले तो नहीं! जब तक तुम टैक्सी लेकर पहुँचेगा नहीं तब तक वे निकलेंगे नहीं और निकल गए तो और भी अच्छा है तसल्ली से लूटेंगे पूरा घर।" दूसरे ने बीच में कूदते हुए कहा। ऋषि उनकी बात सुनकर सकते में आ गया; लेकिन उसे यह बात इसलिए भली भी लगी कि इस टोली

का पहला मक़सद लूटपाट है।

"लेकिन पुलिस?" ऋषि ने अपना डर ज़ाहिर किया।

"पुलिस! वो देखो पीली पतलून में। जीप पर पानी डाल रहा है सब। तुम प्रशासन का चिंता मत करो। ये बताओ रॉड लोगे कि रामपुरी?" पहले ने हाथ में छुरा चमकाते हुए पूछा।

ऋषि ने झगड़े, मारपीट, गुंडई ख़ूब की थी मगर वह सारी चीज़ें कलेजे के बल पर की गईं थी। उसे कभी हथियारों की ज़रूरत न महसूस हुई थी न उसने इस बारे में सोचा था। मारपीट और मारकाट के अंतर को वो समझता था; मगर अभी प्रश्न मनु का था और वह संदिग्ध होने का ख़तरा नहीं उठा सकता था; इसीलिए उसने ख़ुद पर ज़ब्त डालते हुए कहा,

"जो भी मिल जाए।"

"अच्छा, ऐसा करो। तुम ये रॉड रखो। असलहा वैसे भी कम है।" पहले ने रॉड ऋषि के हाथो में थमाते हुए कहा। अभी बात चल ही रही थी कि 'मार मार! पकड़ पकड़!' के शोर के साथ बाईं तरफ़ से भी एक टोली एक लड़के को दौड़ाती हुई इस टोली में मिल गई। सारे लोग मिलकर 'मुहल्ला विशेष' की तरफ़ आगे बढ़े। 'ख़ून का बदला ख़ून' और 'एक के बदले चार मरेंगे, गिन-गिन के सरदार मरेंगे' चिल्लाती उन्मादी भीड़ छाबड़ा साहब के दरवाज़े पर पहुँची ही थी कि लैम्पपोस्ट की लाइट में 'पागल गुरनाम' दिख गया।

'पागल गुरनाम' इस मुहल्ले का नहीं था। कहीं से भटककर आया था। वह सरदार भी नहीं था। बस उसके बेतरतीब बढ़े बाल देखकर किसी ने एक बार उसका जूड़ा बना दिया था। 'पागल गुरनाम' को वह जूड़ा और व मुहल्ला इतना पसंद आया कि वह इस मुहल्ले से गया ही नहीं। इसी मुहल्ले के बच्चों से चिढ़ता-चिढ़ाता वह गुमनाम, 'गुरनाम' हो गया था।

दंगाइयों में से अधिकांश 'गुरनाम' की तरफ़ दौड़े। 'यही है। यही है। सबेरे मिठाइयाँ खा रहा था।' चिल्लाते हुए उन्मादियों ने उसे घेर लिया। 'पागल गुरनाम' यह समझ ही नहीं पाया कि पागल तो वो है फिर ये लोग क्यों दीवाने हुए जा रहे हैं! और पागल भी क्या ही समझ पाता कि पागलों ने उसे क्यों घेर लिया है। ख़ैर, दरिंदों ने उसपर ज़्यादा वक़्त ख़राब नहीं किया।

लोहे के सरिये के एक सधे वार से गुरनाम छिटककर एक ओर लुढ़क गया। वही सरिया उसकी छाती में घुसाकर उलट दिया गया। सरिया जब छाती की पसलियों और हड्डियों के बीच फँसा तो उसे छाती में किसी स्क्रू की भाँति पेवस्त किया गया। गुरनाम दर्द से चीखा ज़रूर मगर वह चीत्कार भी वहशियों के शोर में दब गई। गर्म ख़ून जब सड़क पर बह चुका तो गुरनाम ठंडा पड़ गया। दंगाइयों ने ख़ून का बदला ख़ून से ले लिया था।

इधर बच गए कुछ लोग छाबड़ा साहब के घर की ओर दौड़ पड़े; जिनके पीछे-पीछे ऋषि भी था। बाहरी लोहे का गेट बंद था जिसके बाद ही घर में प्रवेश कर सकते थे। उन्मादी भीड़ को इतना भी सब्र न था कि इसकी चाभी की बाबत ऋषि से पूछ लेते। गेट तक पहुँचते ही पहला चीखा,

तोड़ तोड़! साला ताला बंद किया है! ताला भीतर से बंद है! अभी ऊपर ही हैं! ऊपर ही हैं साले! उन्मादी अधीर हो रहे थे। हट बहनचो! रॉड लगा! अरे मोड़। ऐसे, हाँ मोड़-मोड़! शाबाश!

बाहरी गेट का ताला तोड़ दिया गया था।

"ऊपर से! ऊपर से! खींच के नीचे लाओ सालो को! मारो इन सरदारों को! देश के गद्दारों को।"

"ना ना! ऊपर ही ऊपर ही मार देते हैं! एक के बदले चार लेंगे आज!"

शोर करते हुए बलवाई जब भीतर घुसे तो ऋषि उनमें सबसे आगे था। उसने सावधानी से अपने दरवाज़े को घेरते हुए बलवाइयों के लिए ऊपर जाने का रास्ता दिया। जब दस से भी ऊपर की संख्या में बलवाई सीढ़ियों से ऊपर चले गए तो वह भी तेज़ी से दौड़ता हुआ ऊपर जा पहुँचा और दरवाज़ा तोड़ते लोगों के साथ दरवाज़े पर कंधे के धक्के देने लगा।

दरवाजा तोड़ दे! तोड़! तोड़! तोड़ दरवाजा! आवाज़ों का शोर उठा।

हट बहिनचो! धक्के से नहीं टूटेगा। बीच में रॉड घुसा के तिरछा घुमा। हाँ ऐसे। भीतर ही हैं! भीतर ही हैं! भीतर से दरवाज़े पर कुछ लगा दिया है माधर...! दूसरे ने दरवाज़े पर ज़ोर का धक्का मारते हुए कहा।

"रोड़ पे खीच के मारना है इसको। नेता बनता है साला ये! तीसरे की आवाज़ आई।

"तोड़। तोड़। टूट गया। टूट गया।" दरवाज़ा जो भीतर से सोफ़े के कारण थोड़ी देर प्रतिरोध कर पाया था आख़िरकार टूट गया। बलवाई धड़धड़ाकर अंदर घुस गए।

"कहाँ हैं ? कहाँ है ? अरे, अरे बाथरूम में देख!"

"उस कमरे में। उस कमरे में।"

वह कमरा! खाली कमरा नहीं था। वह गुरु ग्रंथ साहब का परकाश कक्ष था। इतने शोर- इतनी आक्रांत परिस्थिति में भी अलौकिक शांत कक्ष। बलवाइयों ने कक्ष को देखा। मगर घुसने की हिम्मत नहीं कर पाए। पीछे मुड़े और फिर लूट में मुब्तिला हो गए।

"खाना बना रहे थे स्साले"! क्या है देख तो! आलू!"

"अरे रे रे! ये पीछे का दरवाज़ा खुला है। भाग गए। लगता है यही से भागे हैं। हाँ, अभी-अभी भागे हैं। आलमारी खुली है।"

"लड़की भी साथ में है। ज़्यादा दूर नहीं भागे होंगे।" ऋषि ने यह बात जानबूझकर कही; मगर उसके इतना कहने से पहले ही बलवाई दो भागों में बँट गए थे। जो लोग सामान लूटकर भागने की जल्दी में थे वो हाथ आए सामान के साथ ही भागने लगे। बाक़ी बचे लोगों को रक्तपिपासा थी। उन्हें लेकर ऋषि बाहर की ओर भागा।

हाथ में रॉड लिए ऋषि सबसे पहले बाहर निकला; ताकि वह दिखा सके कि उन्हें ढूँढ़ने की सबसे ज़्यादा जल्दी उसे ही है। सबों को साथ लेकर भड़काऊ नारे चिल्लाता वह मुहल्ले से दूर निकल गया।

***

ऋषि जब निकला तो वह बस इतना जानता था कि उसे इन लोगों को अपने मुहल्ले से दूर ले जाना है। इतनी दूर कि वह सबेरे से पहले यहाँ लौट ही न सकें। लेकिन वह यह भूल गया था कि वह जिस रात में निकला है वह सामान्य रात नहीं थी। विभीषिका थी। वह जिस राह पर निकला है वह सामान्य राह नहीं थी। मरीचिका थी जो उसे कहाँ ले जाकर छोड़ेगी वह नहीं जानता। वह तो यह भी नहीं जानता कि अब वह महज़ एक प्यादा था। रात का मसौदा तो दरअसल उनके पास था जो साथ निकल आए थे और मसौदा

भी क्या था; कुछ घरों की निशानदेही थी। उन्माद था। रक्तपिपासा थी। अफ़वाहें थीं और अफ़वाहें भी ऐसी जो नसों में उत्तेजना घोल दे–

– इंदिरा ज़ी की हत्या के बाद मिठाइयाँ बाँटी गईं।

– कहा गया 'मिठाइयाँ खाइए, नानी मर गईं।'

– गुरुद्वारों में रात रोशनी की सजावट की गई।

– कल सारे सरदारों ने ख़ुशी में नारंगी पगड़ियाँ पहनी थी।

– प्रधानमंत्री के हमलावर ने कहा है कि सिर्फ़ वही पवित्र हैं। 'खालिस।'

– उनके ख़ालिस्तान में सिखों के अलावा सब चुनचुन के मारे जाएँगे।

– पाकिस्तान से ट्रेनिंग लेकर ट्रक भर-भर के आतंकवादी देश के हर ज़िले में घुस आए हैं। इन्हीं लोगों ने उन्हें पनाह दी हुई है।

हिम्मत तो देखो! देश का मुखिया ही सुरक्षित नहीं तो अपनी सुरक्षा ख़ुद ही तो करनी होगी। आज इंदिरा जी हैं। कल हमारी माएँ उठा ली जाएँगी। परसों हमारी बहनें। धनबाद में तो दशमेश सरदार के एक ट्रक में चौदह लड़कियाँ भी मिली हैं। और-तो-और तख़्ता पलट भी न हो जाए कहीं! हथियार भी इनके पास पहुँचने ही वाले हैं। ट्रेन चल ही चुकी हैं पंजाब से। पाकिस्तान से सहायता मिल रही है।

छाबड़ा साहब और उसके परिवार को खोजती भीड़ को दूसरा काम मिलने में ज़्यादा वक़्त नहीं लगा। ऋषि और उसके साथियों ने दूर से आते एक शोर पर कान लगाया। अचानक हुए शोर ने ऋषि और उसके साथी लड़कों का ध्यान खींचा। तब पाँच-सात लड़के एक दुबले-पतले लड़के को सेक्टर-2 की ओर से दौड़ाते ला रहे थे। भागने वाला लड़का देखकर कहीं से सरदार नहीं लग रहा था। लड़का तेज़ दौड़ रहा था और इतना तेज़ कि पीछा करने वाले गली के मुहाने तक ही थककर रुक गए थे।

पीछा करने वालों को ओझल होता देखकर लड़का थोड़ा धीमा तो हुआ मगर खाँसते-खाँसते आगे ही लड़खड़ाकर गिर भी पड़ा। उसकी बदक़िस्मती यह थी कि ऋषि की टोली वहीं खड़ी थी। 'दूसरे' ने उसे कॉलर से पकड़कर उठाया ही था कि पीछे खड़ा ऋषि कुछ देखकर सिहर गया। लड़के के गर्दन

पर पसीने से चिपके बाल थे। लड़का सिख ही था और ऐसा लगता था कि बचने के लिए उसने कुछ देर पहले ही केश कटवाए थे। पसीने से कटे हुए कुछ बाल गर्दन पर चिपक गए थे।

"माल लूटकर भागा है। सरदार नहीं है।" इससे पहले कि दूसरा कुछ पूछ पाता ऋषि ने लड़के के जेब में हाथ डालते हुए कह दिया।

तो छोड़ो उसको। पैसे निकालो और जल्दी करो। ग्यारह बजने को आए, अभी तक एक ज़िबह नहीं हुआ। पहले ने कहा। ऋषि ने फ़ौरन उसके दोनों जेबों को बाहर की ओर निकाल दिया और पैसे निकालकर उसे दूसरी ओर धक्का दे दिया। लड़का दूसरी बार बच गया था। उसे अब विश्वास हो चला था कि वह ज़िंदा बच पाएगा। मगर यहीं उससे ग़लती हो गई। ऋषि ने उसे जिधर धकेला था उधर सँकरी गली का सन्नाटा था। ऋषि चाहता था कि लड़का उस सँकरी गली से होता हुआ निकल जाए; मगर शायद लड़के का घर आगे की ओर था या शायद उसकी मौत आगे की ओर थी। वह उठा और हाथ-पाँव झाड़ते हुए सामने से ही गुज़रने लगा। जैसे ही वह लैंपपोस्ट के नीचे से गुजरा, उसके पगड़ी के कारण बने दाग 'पहले' को नुमाया हो गए। पहला चीख उठा,

ऐ धर! धर! दबोच! दबोच! साला को! गर्दन से! हाँ, ऐसे। देखो तो! स्साला सरदार ही है। इतना सुनते ही लड़के ने फिर भागने की कोशिश की; मगर वह पहले ही अपनी ऊर्जा खपा चुका था। दूसरे ने उसे बीच सड़क पर ही दबोच लिया। सामने से दंगाइयों का एक दूसरा जत्था दो-तीन मोटर साइकिल पर गुज़रा और शोर मचाता आगे बढ़ गया।

देख, पगड़ी का निशान देख! 'पहले' ने लड़के को बालों से पकड़कर उसकी नाक बंद कर दी। लड़का छटपटाया और उसी कोशिश में वह 'दूसरे' के हाथों के बंध से छूट गया। वह फिर भागा। मगर अबकी दफ़ा पीछे से चले एक पत्थर, जो सीधे उसके सिर के बीचोबीच लगा, ने उसका संतुलन बिगाड़ दिया। वह फिर सड़क पर गिर पड़ा। 'पहले' ने उसे फिर बालों से पकड़कर उठाया।

"मुझे छोड़ दीजिए। मैंने क्या किया है?" लड़का सूखे कंठ से बस यही बोल पाया।

"तैनें नहीं किया, तेरी क़ौम ने किया है माधरचोद? और जो मौक़ा मिला तो तू भी करेगा। ऐ छोकड़ा! जल्दी से रस्सी लाओ।" पहले ने ऋषि से कहा।

ऋषि ने सोचा कि यह लोग इसे बाँधकर, मार-पीटकर छोड़ देंगे। इसी बदगुमानी में वह जल्द ही आसपास रस्सी ढूँढ़ने लगा। उसे लगा कि वह जितनी जल्दी रस्सी ढूँढ़ पाएगा उतना बेहतर होगा। उसे ध्यान आया कि पिछली ही गली में 'साड़ी केंद्र' का प्रचार करता बैनर गिरकर झूल रहा था। वह तेज़ी से उस जानिब दौड़ पड़ा। मगर इस जल्दबाज़ी में वह यह देखना भूल गया की 'दूसरा' भी सड़क के उस पार कुछ ढूँढ़ ही रहा था।

"इतना मन बढ़ गया है तुमलोगों का? आयं। गद्दार सालों! कल तो तुम लोग घर में घुस जाओगे?" पहले ने लड़के का मुँह दबोचकर झंझोड़ते हुए कहा।

'पहला' अभी नफ़रतें निकाल ही रहा था कि 'दूसरा' एक गैरेज के बाहर क़रीने से एक के ऊपर एक सजा कर रखी मोटरसाइकिल के टायरों में से एक टायर लुढ़काता लाया। 'पहला' कुछ समझ पाता उससे पहले ही 'दूसरे' ने लड़के की बाँह पीछे की ओर इस क़दर मरोड़ी कि दर्द की मार से लड़के का मुँह खुल गया। 'दूसरा' यही चाहता था। उसने फ़ौरन एक कपड़े का टुकड़ा उसके मुँह में डालकर मुँह बंद कर दिया। लड़का संभल पाता उससे पेश्तर ही 'दूसरे' ने 'पहले' से कहा-

"भांगड़ा देखेगा?"

'पहला' सवाल नहीं समझा इसलिए कोई जवाब नहीं दे सका।

'दूसरे' ने 'पहले' के जवाब का इंतज़ार किए बग़ैर ही वह टायर लड़के के सिर से होते हुए छाती में इस तरह डाली जिससे उसके दोनों हाथ फँसकर बँध गए। 'दूसरे' ने फिर तेज़ी से अपने कमर में छुपी बोतल निकाली और टायर को उससे नहला दिया। वह मिट्टी तेल थी। 'पहले' का भी दिल यह दृश्य देखकर दहल गया। उसके कुछ कह पाने से पहले ही 'दूसरा' मिट्टी तेल से सराबोर हुए टायर में तीली मार चुका था। लड़का आग की लपटों में घिरकर ज़मीन पर गिर गया। उसने उलटकर आग बुझाने की तमाम कोशिशें की मगर कोशिशें नाकाम ही रहीं।

ऋषि ने आने में बहुत देर कर दी थी। वह दूर से लड़के को जलता देखकर उसकी ओर भागा। मगर उसके पहुँचने तक लड़का निष्प्राण हो चुका था। आग लड़के के माँस को कोयला कर चुकी थी। अब वहाँ खड़े रहने का कोई मतलब नहीं था।

जत्था आगे बढ़ा तो पहले ने दूसरे से कहा;

''दारू है? बिना दारू ये सब हो नहीं पाएगा।''

''है ना।'' दूसरे ने कमर में से एक ओर बोतल निकालते हुए कहा।

''साले, किरासन तेल तो नहीं?'' पहले ने हँसते हुए पूछा और बोतल उसके हाथ से ले लिया।

''नाह।'' दूसरे ने संक्षिप्त-सा जवाब दिया।

''अच्छा एक बात बता, इतनी रात में तुझे तेल कहाँ से मिल गया?'' पहले ने पूछा और सीधी बोतल मुँह को लगा ली।

''मुसीबत में सभी साथ देते हैं।'' दूसरे का जवाब था। ऋषि के पास बस सवाल थे।

सखी, यह रैन ही डायन

निशानदेही के हिसाब से अभी तक कोई काम नहीं हुआ था। दूसरे मकान की शिनाख़्त भुल्लर साहब के मकान के रूप में हुई थी। शिनाख़्त करवाने वाला उनका पुराना नौकर ही था। बक़ौल नौकर, भुल्लर साहब की बेटी ने उससे ही मिठाइयाँ मँगवाई थी और कहा था कि नानी तो गईं! नानी यानी बक़ौल नौकर– प्रधानमंत्री इंदिरा गाँधी।

यह बात ख़ून में उबाल लाने के लिए काफ़ी थी और उबलते ख़ून में यह बात भला कहाँ पैठ कर पाती कि भुल्लर साहब की बेटी गूँगी थी। वह तो हफ़्ते भर पहले ही अपने चार साल के बेटे के साथ विधुर बाप से मिलने आई थी। नौकर ने बताया था तो ग़लत क्यों कहेगा! इस ग़लती की क़ीमत भुल्लर साहब को चुकानी ही थी। कारण पर्याप्त था।

मगर क्या यही एक कारण था ? नहीं। यह कोई कारण नहीं था। भुल्लर साहब तो उसी दिन से निशाने पर थे जिस दिन उन्होंने अपने घर में लगाने के लिए पत्थर सीधे मकराना से मँगवाए थे। बीमा एजेंट के रूप में उन्होंने न सिर्फ़ अकूत संपत्ति कमाई थी; बल्कि दिखाई भी थी। पाँच दिन पहले ही तो सबसे बड़ा रेफ्रीजरेटर सिर्फ़ इसलिए मँगवाया था क्योंकि नाती ने सर्दियों में भी ठंडे पानी की ज़िद कर दी थी। यही संपत्ति आँखों का बाल हो गई थी।

दंगाई जब शोर करते हैं, गालियाँ निकालते हैं, नफ़रती नारे लगाते हैं

तब इसका असर पीड़ित और दंगाइयों से ज़्यादा बाहरी लोगों पर पड़ता है। उनका मनोबल टूट जाता है और 'हमें क्या मतलब' का अवरोधी हॉरमोन उन्हें पचड़े से बाहर ही रहने की सलाह देता है। यही कारण था कि भीड़ जब भुल्लर साहब का बाहरी दरवाज़ा तोड़ने लगी तब पड़ोस के एक-दो घरों की बत्तियाँ जलीं मगर फिर जल्द ही बत्तियाँ बुझ गईं। सर्दी यूँ भी बढ़ने लगी थी। पड़ोसी 'हमें क्या मतलब' की रज़ाई ओढ़कर सो गए।

रॉड ऋषि के हाथ में था और वह बाहरी गेट के ताले में उसे फँसाकर तोड़ने में वक़्त ज़ाया कर ही रहा था कि बेक़ाबू उन्मादी फिर से लोहे का वह गेट फाँद गए। ऋषि को गाली देता छोड़ उसके साथी भी उसी तरह भीतर दाख़िल हुए। सबों को भीतर जाने की जल्दी थी। आख़िरी दीवार जो लकड़ी की थी ज़्यादा देर न टिक सकी और अपने क़ब्ज़े सहित बाहर निकल आई। पहले कमरे में कोई नहीं था। मगर भीड़ के असल मक़सद के सारे सामान वहीं थे। ऐसा लगता था कि भुल्लर साहब और उनकी बेटी ने जानबूझकर सारे सामान अगले कमरे में ही कर दिए हैं जिससे कि भीड़ लूटपाट कर निकल जाए। टीवी, वीसीआर, पेंटिंग्स, कुर्सियाँ इत्यादि लेकर उन्मादी बाहर की ओर भागने भी लगे थे।

मगर भुल्लर परिवार की क़िस्मत इतनी अच्छी नहीं थी। कुछेक लोगों का मक़सद लूटपाट नहीं था। वो जानते थे कि दो कमरे के घर में तीसरा कमरा नहीं होता; इसलिए अगर आगे के कमरे में कोई नहीं मिला तो यहाँ तो मिल ही जाएगा। वे लोग आगे बढ़कर दूसरे कमरे में भी पहुँच गए। दूसरे कमरे में शिकार मिल ही गया। ऋषि सहित भीतर घुस आए लोगों ने देखा कि भुल्लर साहब की बेटी हाथ में छोटा-सा कृपाण लिए अपने चार साल के बेटे को थामे दीवार से लगी खड़ी थी। 'पहले' ने जब घर में किसी मर्द को नहीं देखा तो बहुत निराश हुआ। उसने चारों ओर नज़र दौड़ाई। रेफ़्रिजरेटर खोलकर देखा। बिस्तर के नीचे झाँककर निराश हुआ। सरदार हाथ न लगने की हताशा में वह ऋषि के हाथ से रॉड छीनकर फ्रिज़ पर मारने लगा। भुल्लर साहब की बेटी से वहशत में बच्चे का हाथ छूट गया। इसी क्षण, ठीक इसी क्षण 'दूसरे' ने बच्चे को दबोच लिया। भुल्लर साहब की बेटी बच्चे को छीनने के लिए झपटी; मगर 'दूसरे' ने बंद मुट्ठी से उसके नाक पर वार

किया। उसकी नकसीर फूट गई। वह दूर जा गिरी। दूसरे ने बच्चे को छोड़ दिया और भुल्लर साहब की बेटी की ओर झपटा। मगर तभी 'पहले' ने रॉड ऋषि को देते हुए 'दूसरे' को रोका।

"वक़्त नहीं है। बहुत काम बाक़ी है। क़िस्मत ही निरी है साली आज!" 'पहले' ने 'दूसरे' से कहा और बच्चे की ओर बढ़ा। ऋषि कुछ सोचकर सिहर गया। उसने दूर से ही कहा–

"भाई, बच्चा है।"

"पता है मुझे, बच्चा है। मार नहीं रहा; दुलार रहा हूँ।" पहले ने कहा और लड़के का गाल खींचते हुए पूछा,

"लाले, नाना कित्थे?" बच्चे ने एक क्षण उसकी आँख में देखा। फिर तर्जनी उठाई और बहुत ही मासूमियत ने फ्रिज़ के गत्ते के खोल की तरफ़ इशारा कर दिया। नई फ्रिज़ का वो आदमक़द कवर दीवार के सहारे ही लगा था। पहला आश्चर्य से भर उठा।

"अरे रे रे रे! ये कैसे छूट गया था? छोकड़े, जरा गत्ते के पीछे तो देख?" पहले ने आश्चर्य व्यक्त करते हुए दूसरे से कहा जो वहीं खड़ा अब भी भुल्लर साहब की बेटी पर नज़र गड़ाए खड़ा था।

"अरे यार! तुम भी बच्चे की बात पर विश्वास कर रहे हो! कुछ नहीं है वहाँ। ये लो।" कहते हुए 'दूसरे' ने रॉड का सिरा फ्रिज़ के गत्ते में दे मारा। कोई आवाज़ नहीं हुई। मगर 'दूसरे' को लगा कि रॉड का सिरा दीवार से टकराने से पहले किसी मुलायम चीज से टकराया। उधर ऋषि क्षण भर स्तब्ध खड़ा रहा। उसने देखा कि अचानक ही फटे हुए गत्ते के पास से ख़ून की एक धार निकल आई। भुल्लर साहब को बेटी ने अपनी क़सम देकर आदमक़द फ्रिज़ के गत्ते के पीछे छिपा दिया था। रॉड भुल्लर साहब के ठीक गर्दन में लगी थी। वह चीख़ भी नहीं पाए थे। गूँगी लड़की कब की बेहोश हो चुकी थी। ऋषि जड़ हो चुका था। बच्चा अपनी माँ को सोया जानकर उसके पास ही लेट गया था। दूसरे ने बच्चे को परे हटाकर, भुल्लर साहब की बेटी के गले से चेन खींचकर जेब के हवाले कर लिया। तीसरे के हाथ कुछ महँगी शराब की बोतल लगी थी जिसे उसने तहमद के नीचे छुपा लिया।

पहले को ऋषि को लगभग खींचकर ले जाना पड़ा था। काम बहुत

था और यह नामाकूल लाश हो गया था। रोड पर घिसटते वज़नी क़दमों से ऋषि बाहर तो आया। मगर वह निष्प्राण ही चल रहा था। अचानक उसे लगा कि रॉड से उसके हाथ जल रहे हैं; उसने घबराकर रॉड छोड़ दिया। पहले ने उसे संभाला।

"हिलने का मौक़ा तक नहीं दिए बुड्ढे को। बढ़िया! अब गिनना नहीं।" पहले ने खिखियाते हुए दूसरे से कहा। दूसरे ने बाहरी गेट के टूटे हुए ताले को फेंककर गेट बंद किया और ऊँची आवाज़ में गाया,

"सरदार जी के खोपड़ी में बारह अंडे थे। एक अंडा फुट गया, सरदार जी घुलट गए।"

बेहूदी-सी इस दो लाइन के साथ उनकी हँसी भी दूर जाती सुनाई दी। पड़ोसियों की लाइट एक दफ़ा फिर जली और फिर बुझ गई। सर्दियाँ कड़ाके की जो थीं। सबों को रज़ाई में घुसने की जल्दी थी।

***

अफ़वाह की सबसे विनाशकारी बात यह होती है कि यह नसों में लहू की जगह नफ़रत दौड़ाती है और वह नफरत महज़ दिल तक जाती है। अफ़वाह दिमाग़ तक किसी भी संकेत के जाने के सारे रास्ते बंद कर देती है। घृणा हुजूम का सबसे मारक हथियार है। महज़ दो मुहल्ले बदल लेने से आप बशीर, रौनक़, कमल, जितेंद्र या ऋषि न होकर भीड़ होते हैं। भीड़ जिसके सिर पर ख़ून सवार है। भीड़ जो भेड़ियों का समूह है। भीड़ जो उन्मादी है। भीड़ जिसे बदला लेना है। भीड़ जिसे तुम्हें तुम्हारी औक़ात दिखानी है। भीड़ जिसे अपट्रॉन की टीवी चाहिए। भीड़ जिसे कुकर चाहिए, भीड़ जिसे ज़ेवर चाहिए। भीड़ जिसे लड़की चाहिए। भीड़ जिसे पगड़ी चाहिए। भीड़ जिसे ख़ून चाहिए। सरदारों का ख़ून और ख़ून तो गुरनाम के साथ ही मुँह लग गया था।

रात का दूसरा पहर लग गया था। टायरों से उठता विषैला धुआँ, गाड़ियों की धू-धू, मिट्टी तेल की बदबू और ठेले-खोमचों की बढ़ती आग से भी ज़्यादा और कोई चीज़ फैल रही थी तो वह था उन्माद और यही उन्माद उन्मादियों के लिए नए-नए नारे भी गढ़ रहा था।

‘गिन गिन कर सरदार मरेंगे, एक के बदले चार मरेंगे।’

‘सरदार का बच्चा कभी न सच्चा।’ और

‘ख़ून के बदले ख़ून ही लेंगे’ के पैशाचिक शोर के बीच एक शोर और मचा। शोर यह कि बस स्टैंड के पास एक सरदार दिखा है। ‘सरदार दिखा है’ यह वाक़ई ही उस रात की क्रूरता की व्याख्या के लिए काफ़ी था। सरदार अर्थात शिकार और उन्मादी भीड़, शिकारी।

सरदार दिखा नहीं था। वह बजाप्ता आया था। रोहतास से सवारियों को कुशलपूर्वक लेकर बस ड्राइवर ‘सुक्खा’ अभी-अभी बस-स्टैंड पहुँचा ही था। मारने की तैयारी तो बस में ही कर ली गई थी; मगर फिर कुछ ‘समझदार’ लोगों ने बस में सवार युवाओं को समझाया था कि यदि यहीं मार देंगे तो गंतव्य तक पहुँचाएगा कौन? बुज़ुर्गों ने बताया कि जवानी के जोश में होश नहीं खोते; ऐसा करते हैं पहले पहुँच लेते हैं फिर देखेंगे। इंतज़ार तो वहाँ भी हो ही रहा होगा। मार तो वहाँ भी लेंगे। सुक्खा ने बिना षड्यंत्र सूँघे सबको गंतव्य तक पहुँचा दिया था। नया मोड़ बस स्टैंड पर गाड़ी लगते ही यात्रियों में अजीब-सी हलचल शुरू हुई। वह अभी कुछ हरकत करते इससे पहले ही उतरते हुए उन्होंने देखा कि उन्मादी इंतज़ार में ही खड़े है। सफ़र के जो लोग थके हुए थे उन्हें घर पहुँचने की जल्दी थी। उन्होंने उन्मादी भीड़ को इशारा कर अपना काम अंजाम दिया और घर की ओर निकल गए।

ऋषि के पाँव में चोट आ गई थी इसलिए वह पीछे छूट जा रहा था। टोली को अब उसके साथ की ज़रूरत भी नहीं थी। वह अगले सरदार की तलाश में थे। लेकिन वे जबतक पहुँचते तब तक सुक्खा अधमरा हो चुका था। बस स्टैंड पर मौजूद अलग टोली ने ही सुक्खा को शिकार बना लिया था और आगे बढ़ गए थे। फिर भी ‘दूसरे’ ने झुककर उसकी साँसें देखी जो अभी चल रही थी; मगर उसके बंद हो जाने के आसार थे। ‘चौथे’ ने उसकी घड़ी देखी थी जो अभी बंद थी मगर उसके चलने की संभावना थी। तीसरे ने अँधेरे में पडा उसका बटुआ उठाया जिसमें पैसे नहीं मिले। मिली तो गुरु साहब की तस्वीर; जिसपर लिखा था- ‘राज करेगा खालसा’। बटुए में पैसे का न मिलना आग था और तस्वीर का मिलना घी। तीसरा लहक उठा-

साले गद्दार! राज करेंगे। सुन बे! पगड़ी खोल साले की। चीखते हुए

तीसरे ने सुक्खा की पगड़ी खोलनी शुरू कर दी। सुक्खा में प्रतिरोध करने की शक्ति भी नहीं बची थी। उसने सुक्खा की पगड़ी उसके गले में ही बाँध दी और दूसरा सिरा बस के पीछे बाँधकर बस चला दी। दस फ़र्लांग चलने के बाद बस पीपल के एक पेड़ से टकराकर रुक गई। सुक्खा मर गया। वह घिसटने के पहले मरा या बाद में मरा; यह जानने में किसी की दिलचस्पी नहीं थी। न ही फ़ायदा। फ़ायदा बटुए में था जिसका नुक़सान हो चुका था।

ऋषि अपने पैर घिसटता हुआ जबतक पहुँचता तबतक चौथे और दूसरे ने सुक्खे को उठाकर बस में ही फेंक दिया। बस के ड्राइवर सीट पर लिटाकर ही गाड़ी में आराम से आग लगाई गई। ईंधन वाले टैंक में कुल्हाड़ी मारकर माचिस मार दी गई। आग का छत्ता उठा और बस को लपेट ले गया।

अनपढ़ों ने 'राज करेगा खालसा' जैसे ओज वाक्य का रिश्ता खालिस्तान से जोड़ दिया था।

***

औरत। औरत की सबसे बड़ी मुश्किल उसका औरत होना ही है। दंगे के दिनों में जब मर्द अपनी जान को लेकर चिंतित होते हैं तब वह औरत की जान को लेकर नहीं बल्कि उसकी आबरू को लेकर चिंतित होते हैं। औरत को भी अपनी जान से ज़्यादा चिंता अपने भीतर की औरत को बचाने की होती है। यह क्रूर अभिशाप ही है कि समाज में पलते-बढ़ते वह ख़ुद भी इसे ही सच मान लेती है।

अगली निशानदेही हरप्रीत सिंह के घर की हुई थी। हरप्रीत सिंह सरकारी अनाज गोदाम के पर्यवेक्षक थे। 40 साला हरप्रीत सिंह की कोई 35 साला ख़ूबसूरत पत्नी और 14 साल की परीजाद बेटी थी। तीसरे की नीयत बेटी पर क़ाफ़ी दिनों से ख़राब थी। मौक़ा इस दंगे ने दे दिया था; वरना इतने बियाबान में अनाज गोदाम तक आने का हासिल दूसरा कुछ नहीं था।

दंगाइयों का हुजूम जब अनाज गोदाम तक पहुँचा तो पता चला कि यहाँ गेट तोड़ने की कोई ज़रूरत नहीं है। तैनात सुरक्षा-गार्ड ख़ुद ही गेट खोल देने को तत्पर था। लगभग 15-20 लोगों की भीड़ गोदाम में ही बने

कर्मचारी आवास पर हमला कर बैठी थी। हरप्रीत सिंह के घर पर ताला था। भीड़ दरवाज़ा तोड़कर लूटपाट करने में तल्लीन हो गई। तीसरे को तलाश लड़की की थी। वह उसे तलाशता हुआ छत तक हो आया; मगर कुछ न मिला। वह हताश होकर नीचे आया ही था कि गोदाम की ओर शोर बढ़ गया। ऋषि और उसके साथी जब अनाज गोदाम तक पहुँचे तब हरप्रीत सिंह गोदाम में घुस आए बलवाइयों पर तमंचा ताने खड़े थे। उनके ठीक पीछे पत्नी और बेटी ने गोदाम से ही कीटनाशक की शीशी हथेली में छुपा ली थी। हरप्रीत सिंह ने उन दोनों से पंजाबी में कुछ कहा। माँ-बेटी दोनों अनचाहे ही पीछे की ओर पैर बढ़ाने लगीं। भीड़ ने जैसे ही यह देखा उसने आगे बढ़ने की कोशिश की। हरप्रीत सिंह ने तमंचा दबा दिया। गोली किसी को नहीं लगी। बस दहशत कायम कर गई; लेकिन हरप्रीत सिंह की यही ग़लती भी थी। उन्होंने यह गोली बंद गोदाम में चलाई थी। यदि यही गोली खुले में चली होती तो बहुत संभव था कि भीड़ भाग गई होती। मगर यहाँ भीड़ के पास भी एक ही रास्ता बचा था। हरप्रीत सिंह को क़ाबू करने का। लकड़बग्घों के झुंड ने हरप्रीत सिंह पर क़ाबू कर लिया था। उन्हें खींचकर बाहर लाया गया।

दंगाइयों के पास हथियार नहीं होते। क्रूरता होती है। नफ़रत और आवेग होता है। इसी कारण वह राह चलते ही अपने हथियार खोज या बना लेती है। गोदाम में अनाज की ख़ाली बोरियाँ हरप्रीत सिंह की लकड़ी, कफ़न सब बने। मिट्टी तेल का काम तीसरे की महँगी शराब ने किया। हरप्रीत सिंह क्रूर अट्टाहासों के बीच धुआँ हो रहे थे। दो जोड़ी आँखों ने अनाज की बोरियों के पीछे से ही अपने रखवाले को धुआँ होते देखा। धुआँ कम हुआ तो बलवाइयों की भीड़ भी अपने हिस्से का अनाज लूटकर कम हो गई।

ऋषि अबतक तीन दफ़ा उल्टियाँ कर चुका था। रात अपने दूसरे पहर में प्रवेश कर चुकी थी। हड्डियों को पिघला देने वाली सर्दी में हरप्रीत सिंह की आग पर दंगाइयों ने आख़िरी दफ़ा हाथ सेंके और गेट से बाहर निकलने लगे।

अनाज के बोरे पर बैठ 'तीसरा' अभी बाक़ी बची शराब ख़त्म करने की कोशिश ही कर रहा था कि 'दूसरे' को अचानक किसी के दाँतों के बजने

की आवाज़ सुनाई दे गई। जो ज़ब्त, पिता की जलती लाश देखकर न टूटी थी वो ज़ब्त कमबख़्त सर्दियों के ज़ोर ने तोड़ दिए। छोटी बच्ची ने जानलेवा ग़लती कर दी थी।

अरे स्साला! हट तो। एक मिनट हट तो। कहते हुए तीसरे ने गेहूँ की एक बोरी जैसे ही खिसकाई, ओट में छिपी दोनों माँ-बेटियों के चेहरे नुमाया हो गए। ऋषि अभी कुछ समझ ही पाता तब तक 'तीसरा' बोरियों के पीछे झपटा। लड़की ने मगर पहले ही कीटनाशक का ढक्कन खोल लिया था। बिना विचलित हुए वह 'तीसरे' के पहुँचने से पहले पूरा गरल हलक में उतार गई। छटपटाई और एक बोरे पर ही ढेर हो गई। लड़की की माँ बोतल खोलने की हिम्मत नहीं कर पाई। वह या तो ज़्यादा दुनिया देख चुकी थी या फिर ज़्यादा लाश। वह लाश नहीं बनना चाहती थी। उसे गोश्त बनाया गया। उसी अनाज के बोरे के पीछे।

अब वहाँ दो तरह की लाशें थी। बाप-बेटी की मुर्दा लाश। औरत और ऋषि की ज़िंदा लाश। वहशियाना गोश्तख़ोरी के बाद जब 'तीसरा' उठा तो उसने 'पहले' से कहा-

"बेटा! देख तो! लड़की ज़िंदा है क्या?"

पहले ने लड़की की नाक के आगे अपनी हथेली रखी और कहा- "मर गई है।"

"हटो साले! अभी ज़िंदा-मुर्दा देखने का समय नहीं है। कहते हुए तीसरा, लड़की के मुर्दा जिस्म पर झुक गया। लड़की पहले मरी, इंसानियत थोड़ी देर बाद। तीसरे ने जब उठते हुए अंगड़ाई तोड़ी तो पाशविकता भी टूटकर रो रही थी।

"चल-चल। दुंदीबाग चल। अभी वहाँ वाला काम बाक़ी है।" 'दूसरे' ने याद दिलाया।

***

लाले को माहौल बिगड़ने का एहसास हो चला था। हालाँकि, तब तक कोई दुर्घटना नहीं हुई थी मगर दोस्तों के अचानक परिवर्तित स्वभाव से उसे यह भान हो गया था कि आने वाला वक़्त सामान्य नहीं है। वह जब घर पहुँचा

तो उसकी माँ के साथ पड़ोसी प्रभुदयाल जी बैठे थे। प्रभुदयाल जी पड़ोसी थे और लाले के दिवंगत पिता के दोस्त भी। लाले के पिता ने ही साथ की ज़मीन प्रभुदयाल जी को दिलवाई थी।

लाले जब घर पहुँचा तो उसने माँ को व्याकुल देखा। प्रभु दयाल जी ने यह बात उन्हें समझा दिया था कि वक़्त नाज़ुक है। इसलिए माँ-बेटे को तत्काल गुरुद्वारा, 'गुरुसिंह सभा' में शरण लेनी चाहिए। क्योंकि आसपास के सिख भी वहीं पहुँच रहे हैं। अगर सब एक साथ रहेंगे तो कोई अनहोनी शायद ही हो। बात ठीक भी थी और लाले भी अपने बचपन के दोस्तों का बदलता व्यवहार महज़ कुछ घंटों में ही महसूस कर चुका था। आज तीन दोस्तों ने मिलकर फ़ुटबॉल की जगह उसके पाँव पर चोट की थी। आज उसे किसी ने पास भी नहीं दी और जब उससे एक गोल न हो पाया तो तंज़ आया-

"नया क्या है ? हम ही बेवक़ूफ़ हैं जो भरोसा कर लेते हैं।"

लाले का मन खिन्न था। उसने स्कूटर उठाया। हेलमेट लगाया। जूड़े की वजह से हेलमेट का बेल्ट लग नहीं पाया। इससे पहले उसे हेलमेट पहनने की ज़रूरत ही नहीं आन पड़ी थी। उसने वैसे ही हेलमेट बस सिर पर रख लिया। माँ को बिठाया और चलने को ही हुआ कि प्रभु दयाल जी ने कहा-

"दूसरे पहर में निकलना और दुंदीबाग बाज़ार होकर ही निकलना बेटा, आराम से पहुँचोगे।"

दुंदीबाग बाजार। नए बसे शहर का नया बसा हाट। हाट ख़त्म होने के बाद यहाँ मरघट की शांति होती है। इंसान तो दूर, कुत्तों की भी आवाज़ यहाँ ऐसी सुनाई देती है मानो डरे-सहमे हुए हों। कच्चे रास्तों पर अभी तक सरकारी विकास की नज़र नहीं पहुँची थी।

लाले को उनकी बात सही लगी। रास्ता कच्चा ज़रूर था, मगर छोटा भी था और अपेक्षाकृत कम ख़तरनाक भी। दूसरे पहर में ही लाले अपनी माँ के साथ निकला। लाले ने अपने पुराने स्कूटर की किक मारी और स्कूटर दुंदीबाग के रास्ते पर डाल दिया।

प्रभुदयाल जी की बात सही थी मगर उनका इरादा नहीं। वह अपने इलाक़े में ज़मीन की क़ीमत जानते थे और फिर यह तो पूरा बना बनाया मकान था। अफ़वाहों ने नफ़रतें दी थीं और नफ़रतों ने मौका। लाले की माँ ने चाभी प्रभुदयाल जी के हाथ में दी थी और प्रभुदयाल जी ने बदले में बलवाइयों को दो सिख दिए थे।

लाले जब कच्चे रास्ते पर आया तो उसने एहतियातन स्कूटर की लाइट बंद कर दी। मगर वह चाहकर भी पुराने स्कूटर की आवाज़ नहीं दबा पाया। दंगाई इस सड़क पर भी घात लगाए खड़े थे और पगड़ियों से शिनाख़्त कर रहे थे। लाले भी जब सामने पड़ा तो नारे लगाती भीड़ को सामने पाकर वह भयभीत हो गया। फिर भी उसने यह सोचकर गाड़ी की रफ्तार बढ़ा दी कि हेलमेट उसे बचा ले जाएगी।

हेलमेट उसे बचा ले जाती अगर उसने हेलमेट की बेल्ट लगा ली होती। मगर आह! जूड़े के ऊपर बेतरतीबी से रखे हेलमेट ने ही उसकी शिनाख़्त करा दी।

चौथे ने बीच सड़क पर ही रॉड से स्कूटर रोकने की कोशिश की तो लाले ने स्कूटर की रफ़्तार बढ़ा दी। मगर स्कूटर में पीछे बैठी माँ के हिलने और रॉड की चोट से स्कूटर अनियंत्रित होकर गिर गई।

लाले की माँ पेशानी के बल ही गिरी। गिरते ही उनका सिर खुल गया और लाले की हेलमेट। लाले उठते ही माँ की ओर लपका। मगर तबतक 'दूसरे' ने उसे गर्दन से पकड़ लिया। लाले ने बचाव के लिए 'दूसरे' के पेट पर लात मारी। 'दूसरे' ने बिलबिलाकर गर्दन छोड़ दी। लाले फिर औंधी पड़ी हुई माँ की ओर बढ़ा; मगर अबकि बार पीठ पर पड़े रॉड के एक वार से उसकी रीढ़ की हड्डी झूल गई।

स्साला! चालाक बन रहा था। कहते हुए पहले ने लाले को पलट दिया। लाले अभी ज़िंदा था और कुछ कह रहा था। आवाज़ गले के बाहर बमुश्किल आ रही थी। ऋषि उसके चेहरे पर झुका मगर कुछ सुन नहीं पाया।

"क्या कह रहा है ?" 'पहले' ने पूछा।

माँ को गुरुद्वारा पहुँचाने को कह रहा है। ऋषि ने अपनी ओर से झूठ कहा। कहकर वह पीछे की ओर मुड़ा ही था कि 'दूसरे' की जघन्यता देखकर

चिल्ला पड़ा। 'दूसरा' अपने दोनों हाथों में एक बड़ा-सा पत्थर लिए खड़ा था। ऋषि के चिल्लाते-चिल्लाते भी उसने वह पत्थर लाले के मुँह पर पटक दिया। चीख़ ऋषि की निकली। लाले तो चीख़ भी नहीं पाया।

ऋषि चित्कार के साथ दूर छिटक गया था। वह संज्ञा-शून्य हो चुका था। उसके कान में सीटियाँ बजने लगी थी। वह भय और त्रास से 'तीसरे' की ओर देखता रहा। वह भाग जाना चाहता था। मगर यह संभव अब न था। दलदल से निकालने को पाँव चलाता आदमी दलदल का काम आसान ही करता है। वह धँसता ही चला जाता है। उसने ख़ुद को इसी बहाने से समझाया हुआ था कि मनु और उसका परिवार उसकी प्राथमिकता हैं और उन्हें बचाने की लिए अभी उसे और गिरना है। वह उठा और लाले की माँ की ओर दौड़ा। वह बेचारी ख़ुशक़िस्मत थी। बेटे की लाश देखने से पहले ही दुनिया छोड़ चुकी थी।

पहले ने उसकी नाक के पास हाथ घुमाया और कहा-

"खेला खतम।" उसके इतना कहते ही 'दूसरा' गिरे हुए स्कूटर को उठा लाया और फिर से बूढ़ी औरत के मृत शरीर पर गिरा दिया। पेट्रोल रिस ही रहा था। चौथे ने फिर माचिस मारने में देर नहीं की।

तीसरे ने मन मसोसते हुए कहा-

"नुकसान कर दिए। 100 सीसी का स्कूटर था। जनेरेटर आराम से बन जाता!"

काम ख़त्म हो गया था। बलवाइयों को बदला मिल गया था और प्रभु दयाल जी को बंगला।

बलवाइयों की टोली रेलवे स्टेशन की तरफ़ बढ़ चली।

***

धनबाद से चलते वक़्त ही सुरिंदर सिंह को इस बात का एहसास था कि ख़तरा कुछ ज़्यादा है। धनबाद के रिश्तेदार जो ख़ुद ही छुपने की जगह तलाश रहे थे, ने सुरिंदर सिंह को रोका भी; मगर सुरिंदर सिंह अपनी सरदारनी को अकेला छोड़ आए थे और ऐसे वक़्त पर उसे और अकेला छोड़ना इस सिख को गँवारा नहीं हुआ। ट्रेन पकड़ी और बोकारो के लिए रवाना हो गए।

सुरिंदर सिंह को तो महज़ आभास था कि किस स्टेशन पर ख़तरा होगा; मगर बलवाइयों को इसकी पूरी जानकारी थी कि किस स्टेशन पर बकरा होगा। रिजर्वेशन चार्ट के आधार पर यह पहले ही पता कर लिया गया था कि किस बोगी में कितने सरदार हैं।

पिछले स्टेशन पर ही बलवाइयों ने बाहर से दरवाज़ा पीटना शुरू किया तो सुरिंदर सिंह को बाथरूम में बंद कर बचाया गया; मगर बचाने वालों को भी यह यक़ीन हो गया के अगले स्टेशन पर सुरिंदर सिंह शायद न बच पाएँ। इसलिए उन्होंने बोकारो स्टेशन आने से थोड़ी दूर पहले ही चेन खींचकर सुरिंदर सिंह को उतार दिया।

74 वर्षीय सुरिंदर सिंह उतर तो गए मगर उस भाग्यहीन रात में भी उन्हें जाना तो स्टेशन की तरफ़ ही था। ट्रेन तीन सीटियाँ देती हुई गुज़र गई। सुरिंदर सिंह के पास दो रास्ते थे। या तो वह वहीं कहीं झाड़ियों में रात गुजार दें या फिर धीरे-धीरे ही सही घर की ओर रवाना हो। मगर सुरिंदर सिंह को झाड़ियों में ही रात गुज़ारनी थी तो तो धनबाद ही क्या बुरा था! उन्हें किसी हाल घर पहुँचना था। सरदारनी को उन्होंने मुश्किल समय में अकेला नहीं छोड़ा था। फिर यह तो बहुत ही बुरा दौर था।

वह चलते रहे मगर साथ ही साथ उनकी बदनसीबी उस रात उनसे दो क़दम आगे चलती रही। उन्होंने अपनी कोल्हापुरी चप्पल की आवाज़ तो दबा ली थी; मगर अपनी छड़ी की आवाज़ नहीं दबा पाए थे।

ट्रेन नियत समय पर बोकारो स्टेशन पहुँची। 'पहले' को जब आरक्षित डब्बे में कोई सरदार नहीं मिला तो वह खीझ उठा। उसने लोगों को झिंझोड़कर पूछताछ शुरू की। लोगों को घर जाने की जल्दी भी थी और उसे कुछ न बताने की हड़बड़ाहट भी। लोग अनजान बने ट्रेन से बाहर निकलते रहे।

मगर जब सब भगवान होने लगें तो शैतान बीच में कूदता ही है।

ऐसे ही एक शैतान ने ऋषि को इशारा कर दिया। इशारा ऋषि समझ गया और इससे पहले की कोई और समझ पाता; ऋषि ने वह बात ख़ुद तक ही दबा दी। उसके साथी निराश होकर उतर गए थे। ऋषि उन सबको जल्द-से-जल्द स्टेशन से बाहर ले जाने के लिए आगे बढ़ा ही था कि तभी 'पहले' को याद आया कि स्टेशन के पीछे ही मोटर मैकेनिक बलविंदर का

घर है। उसे लगा कि ख़ाली हाथ लौटने से तो ग़रीब का झोपड़ा फूँकना ही ठीक रहेगा। बाक़ियों को साथ लेकर उधर ही निकल पड़ा। पहले ने अगुवाई करते हुए केवल पटरी की लकड़ी की सिल्लियों पर पैर रखकर आगे बढने को कहा ताकि आवाज़ न हो। वह रेलवे ट्रैक से सटे झुग्गियों में बलविंदर के घर की ओर मुड़ने ही वाला था कि उसने दूर से आती हुई एक आवाज़ सुनी। यह सुरिंदर सिंह की छड़ी की आवाज़ थी जो अपनी मौत की ओर ही बढ़े आ रहे थे।

पहले ने मुँह पर उँगली रख कर सबको शांत रहने का इशारा किया। जैसे ही वह आवाज़ नज़दीक हुई तो पहले ने आवाज़ की दिशा में टॉर्च मारी। राज़ सीधा खुल गया कि शिकार सरदार है। आत्मविश्वास तोड़ देने वाले एक शोर ने सुरिंदर सिंह का पीछा किया। वह अचानक हुए हमले से घबराए और पीछे की ओर मुड़कर भागने लगे। जर्ज़र शरीर, तिस पर रात और उस पर भी पटरियों के उबड़-खाबड़ पत्थर। वह कहाँ और कितनी दूर भाग पाते! सुरिंदर सिंह गिर पड़े और पाँच वहशियों द्वारा दबोच लिए गए।

"साला, सब सरदार मिल्खा सिंह बनता है।" 'दूसरे' ने सुरिंदर सिंह को उठाकर पटरियों के बल बिठाते हुए कहा।

"पगड़ी का रंग देखो, टकसाली लगता है।" पहले ने कहा।

"पगड़ी उतार। पगड़ी उतार।" 'तीसरा' चिल्लाया। 'तीसरा' दरअसल पगड़ी से बाँधकर सुरिंदर सिंह को पटरी पर फेंक देना चाहता था।

"पुत्तर जी, जो पैहे चाहते हो तो कुछ हैं मेरे पास।" सुरिंदर सिंह ने तहमद टटोलते हुए कहा।

"पगड़ी उतारता है कि गर्दन उतार दूँ साले।" अबकी पहला चीखा। सुरिंदर सिंह अपनी उम्र जी चुके थे। चला-चली की इस बेला में वह पंथ की अवमानना जान के लिए भी नहीं कर सकते थे। अत: उन्होंने शांत स्वर में ही कहा,

"पुत्तर जी। अब दो-चार साल की ज़िंदगी के लिए धरम नहीं दे सकदा। तुसी बेशक जान ले लेयो। हाँ, बस एक कम्म करीं। मेरी पहचान छुपा लेईं। सरदारनी कुज होर दिण जी ले बिचारी।" कहकर सुरिंदर सिंह ख़ामोश हो गए। ठीक वही ख़ामोशी जो जिबह से पहले क़साईख़ाने में तारी

हो जाती है। ठीक वही वीरानी जो फ़सल कट जाने के बाद खेत में दूर-दूर तक फैल जाती हैं। कुछ क्षण ऐसी ही मुर्दई छाई रही।

इसी मौक़े का फ़ायदा उठाकर ऋषि ने कहा-

"भइया उम्र तो देखिए। बुज़ुर्ग है। क्या फ़ायदा?"

"इनलोगों ने देखी थी उम्र। वो बुज़ुर्ग नहीं थीं? निहत्था थीं! उसने गोली मारी; इन्होंने जश्न मनाया। लड्डू बाँटे। गुरुद्वारे सजाए। हिसाब एक के बदले चार से ही बराबर होगा।" पहले ने लगभग चिल्लाते हुए कहा।

पहले के जोश से अबकी चौथे का आवेश हदें पार कर गया। उसने पटरियों पर बिखरे पत्थरों में से एक पत्थर उठाकर सुरिंदर सिंह के सिर और गर्दन के पिछले हिस्से पर वार किया। वार ऐसी जगह किया गया था कि सुरिंदर सिंह का शरीर एक वार में ही बेजान हो गया। निर्जीव शरीर एक ओर लुढ़क गया। दूसरे प्रहार की ज़रूरत नहीं पड़ी। क़ुर्ते और तहमद में से बटुआ निकालकर उनके सिर को पटरी पर रख दिया गया। सुरिंदर सिंह की अंतिम इच्छा आने वाली अगली लोकल ट्रेन ने पूरी कर दी। सरदारनी कभी जान ही नहीं पाई कि सरदार जी उसे छोड़ गए हैं।

रात का तीसरा पहर भी बुढ़ाने लगा था। टोली अपने हिस्से का वृताकर चक्कर लगाकर अब वहीं पहुँचने वाली थी जहाँ से यह सब शुरू हुआ था। ऋषि का मुहल्ला। मुहल्ला जिसके बारे में सीधा निर्देश था कि अपने मुहल्ले को छोड़कर दूसरे मुहल्ले में काम अंजाम देना है। इसीलिए ऋषि अपने मुहल्ले से दूर दूसरे मुहल्ले में घूमता फिर रहा था।

***

दूसरा मुहल्ला। ऋषि का माथा अचानक ठनका। वहशत में उससे भारी चूक हो गई थी। उसे ध्यान आया कि जैसे वह अपने साथी बलवाइयों को लेकर दूसरे मुहल्ले में है; ठीक वैसे ही दूसरे मुहल्ले के बलवाई भी तो उसके मुहल्ले में हो सकते हैं। एक टोली को वह बरगलाकर दूर निकल तो चुका है; मगर इस बात का क्या भरोसा कि किसी दूसरे मुहल्ले की दूसरी टोली उसके घर तक न पहुँची हो।

ऐसा सोचते ही उस कड़ाके की सर्दी में भी उसका ललाट पसीने से

भर आया। वह बदहवास ही घर की ओर भागा। नाले, टीले, गड्ढे और लाशें पार करता हुआ जब वह घर तक पहुँचा तो उसने ऊपर छाबड़ा साहब के कमरे से शोर का आभास हुआ और उसने कुछ हलचल देखी। उसका दिल बैठ गया। उसे एहसास हो गया कि घर में अभी भी लूटपाट जारी है। वह अभी कुछ सोच पाता तब तक कमरे के खिड़की में से मनु का रेडियो धड़ाम की आवाज़ के साथ नीचे गिरा या शायद झगड़े के बाद फेंक दिया गया। उसका मन थोड़ा और बैठ गया। उसकी हिम्मत जवाब देने लगी। उसे लगा कि अनिष्ट घट चुका है। उसके पाँव शिथिल होने लगे। मगर उन्हीं शिथिल पाँवों को बढ़ाते हुए वह अपने कमरे के दरवाज़े तक पहुँचा। उसकी जान में जान आई जब उसने देखा कि दरवाज़े पर ताला ठीक वैसे ही लगा है जैसे वह छोड़कर गया था। वह जानता था कि बलवाइयों को विशेष रूप से सरदारों के घरों का पता है जिसके अलावा वह दूसरी किसी जगह अपना वक़्त ख़राब नहीं करेंगे। वह अभी इसी सोच में था कि उसे सीढ़ियों से कुछ लोगों के उतरने की आवाज़ सुनाई पड़ी। वह बड़ी चतुराई से अपने दरवाज़े के ठीक आगे दरवाज़े को ढँककर खड़ा हो गया। सामने से जो लोग उतरे वह घर के सामानों से लैश थे। ऋषि ने उन्हें देखा। वह उनमें से कुछ चेहरों को पहचानता था। उसने फ़ौरन उन्हें बातों में फँसाते हुए कहा–

''सब समान उठ गया न। कुछ छूटा तो नहीं ?''

''है कहाँ कुछ! सब सरदार ले भागा है। फिर भी जो मिला झाड़ लिए हैं। तुमको भी कुछ...।'' ऊपर से उतरते आदमी ने आधे में ही पूरी बात की।

''नहीं–नहीं, बस आपलोग जल्दी निकलिए। भोर होने वाली है।'' ऋषि ने उन्हें फ़ौरन निकालने की गरज से कहा।

''हाँ भाई, तुम सामान क्यों लेगा ? तुमको तो पूरा घर मिल रहा है। ऐश करो अब।'' बलवाई उतरते हुए बोला। ऋषि इसके जवाब में बस मुस्कुरा दिया। बलवाई की इस बात को दो लोगों ने सुना। छाबड़ा साहब को थोड़ा और विश्वास हुआ कि ऋषि उनका घर हड़पने की ताक में है और बलवाइयों ने जब यह बात सुनी तो उन्हें लगा कि लड़का लूट में हिस्सा नहीं चाहता पूरा घर ही चाहता है। वह इस बात पर मौन ही रहे।

जितने बलवाई भीतर घुसे थे, अपने-अपने हिस्से की लूट लिए सूर्योदय ने पहले निकल गए। बच गया ऋषि। वह अपने ही दरवाज़े के बाहर उदास-सा, कातर-सा खड़ा। कई बार उसकी इच्छा हुई कि वह दरवाज़े पर दस्तक कर अपने आने का संकेत दे दे। मगर भोर अभी हुई नहीं थी। ख़तरा अभी टला नहीं था। आकाश काले से जामुनी भर हो गया था। वह मन मसोसकर बाहर की ओर निकल गया। उसे अब घर के आसपास ही रहना था।

सखी री, भोर लुटेरी

पूरी रात ऋषि जो करता रहा था उसकी थकान अब उसपर तारी हो रही थी। उसकी आँखें और शरीर दोनों बोझिल हो रहे थे। फिर भी वह घर का ताला जाँचकर बाहर निकला और सड़क के दूसरी छोर पर जाकर बैठ गया। रोशनी का छिटपुटा आते ही उसने रास्ते में पड़ी 'पागल गुरनाम' की लाश सबसे पहले देखी। मिट्टी के तेल ने उसके ख़ून को धो दिया था। उसे शायद जलाने की कोशिश भी की गई थी। मगर वह पहले ही मर चुका था। इसलिए मरे हुए पर मिट्टी तेल बर्बाद करना उन्मादियों को फ़िज़ूल लगा और मिट्टी तेल किसी ज़िंदा के लिए बचा लिया गया। ऋषि थोड़ी देर निश्चेष्ट खड़ा रहा। उसने देखा की पसलियों में धँसा लोहे का सरिया सीधा खड़ा है। उसने गुरनाम की पसलियों में धँसे सरिया को झटके से निकाल दिया। फिर उसने गुरनाम की लाश को कंधे से पकड़कर बीच रास्ते से हटाकर बरगद किनारे लिटा दिया।

ऐसा करते हुए उसे यह नहीं मालूम था कि एक जोड़ी आँखें उसे खिड़की के बीच की दरारों से देख रही थीं। उसकी ख़ून से सनी शर्ट, हाथों की रॉड और बरगद तले पड़ी 'पागल गुरनाम' की लाश जो तस्वीर बना रही थी, छाबड़ा साहब भी वही तस्वीर देख और समझ पाए। छाबड़ा साहब उसके बारे में ग़लत राय क़ायम कर चुके थे। पौ फट चुकी थी।

पौ फटी तो स्टील प्लांट की ओर से धुआँ उठाती आई। पक्षियों और सिखों की हालत एक-सी होते हुए भी एक-सी नहीं थी। पक्षियों के

आशियाने जिन पेड़ों पर थे, वे धू-धू कर रहे थे। सिखों के आशियाने जिन मोहल्लों में थे, तबाह हो गए थे। पक्षी मगर फिर भी अपने आशियाने के उजड़ने पर शोर कर रहे थे। मगर आह! बचे हुए सिख तो वो भी कर पाने से मजबूर थे।

रोशनी का छिटपुटा फैलने लगा था। 'हर रात के बाद नया सवेरा होता है' बड़ा ही आशावादी और सकारात्मक शब्द है। मगर कुछ भाग्यहीन रातें ऐसी भी होती हैं जिसकी सुबह महज़ भयावहता रोशन करने ही आती है। यह भी एक ऐसी ही सुबह थी। अपनी समझ के अनुसार ऋषि को लगा था कि यह क्षणिक आक्रोश से पनपा दंगा है जिसे सुबह तक ख़त्म हो जाना है। इसी कारण उसने यह सोचा था कि रात का पिशाच दिन होते ही ग़ायब हो जाएगा। फिर प्रशासन भी तो हरकत में आ ही जाएगा। मगर सूरज निकला और भयावह निकला।

रात मारकाट के लिए तय थी तो दिन लूटपाट के लिए। ऋषि अभी ताले के पास पहुँचा ही था कि बाहर से पहले ने आवाज़ दी-

"ओए ऋषि, कहाँ रह गया था स्साले?"

"रेलवे फाटक की ओर से निकल आया था।" ऋषि ने पसीना पोंछते हुए कहा। ऋषि ने हड़बड़ाहट में ताला छोड़ते हुए कहा; मगर तबतक 'पहला' उसके पास आ चुका था।

"मिट्टी का शेर है तू। बातें ही बड़ी-बड़ी हैं तेरी बस।" पहले ने ऋषि को देखते हुए पूछा। ऋषि ने इसका कोई जवाब नहीं दिया; बस उसे लेकर बाहर आ गया।

"नेता भइया नाराज़ हैं।" पहले ने बात बढ़ते हुए कहा। ऋषि ख़ामोश ही चलता रहा। चलते-चलते भी जब ऋषि ने नाराज़गी का कारण नहीं पूछा तो पहले ने फिर ख़ुद ही कहा-

"कह रहे थे कि इतना वक़्त उन्हें दिया होता तो वो हमारी नस्ल ख़त्म कर देते। हमसे कुछ भी न हो पाया।"

"औरतों, बूढ़ों, निहत्थों को मारकर कौन-सा बदला लिया जा रहा है?" ऋषि ने घर की सीमा से बाहर निकलते हुए सवाल किया।

"बदला नहीं लिया जा रहा। सफ़ाया किया जा रहा है। निर्मूलन। ज़रूरी

है बहुत। नेता भैया कह रहे थे कि 'विषस्य विषमौषधम।' नरक मचा रखा है। ठेके इनके, दुकानें इनकी, कारख़ाने इनके। क़ब्ज़ा कर रखा है इन लोगों ने हर जगह। नौकर हो गए हैं हम इनके।" पहले ने जवाब दिया।

"तो सीधे कहो न कि नेता भइया को अब पूरा शहर चाहिए।" ऋषि ने तंज़ में कहा।

"उन्हें क्या चाहिए मुझे नहीं पता। मुझे क्या चाहिए यह पता है। अब चल।" पहले ने कहा।

"कहाँ?" ऋषि चौंका।

"अरे, अब तो असल काम शुरू होना है। बाज़ार ख़ाली पड़ा है।" पहले ने कहा और ऋषि को बाँहों से लगभग खींचता हुआ अपने साथ ले चला। ख़तरा अभी तक पूरी तरह टला नहीं था। ऋषि को अब भी सबों को घर से दूर ही रखना था। इसलिए वह उसके साथ साथ बाज़ार की ओर चल पड़ा।

बाज़ार। सारे आर्थिक, राजनैतिक, सामाजिक और औद्योगिक कार्यकलापों को नियंत्रित करने वाला कारक। आग लग सकती है; लगाई जा सकती है। भावनाएँ भड़क सकती हैं; भड़काई जा सकती हैं। मगर यह कितनी देर तक काम करेंगी यह बाज़ार ही निर्धारित करता है।

बाज़ार, जो कर्मठों के आगे नतमस्तक होता है। मेहनतकशों के पाँव धोता है और फिर सिखों से कर्मठ कौन? तो ज़ाहिर है बाज़ार का सिरमौर कौन? सिख। बाज़ार उनका था। तिजारत उनकी थी। दुकानें उनकी थी। कारख़ाने उनके थे। इसलिए लुटना भी उन्हें ही था।

शुरुआत शॉपिंग सेंटर से हुई। तेरहवें नंबर की दुकान पर जब अचानक शोर बढ़ा तो बात समझ में आ गई कि अब बारी सिख क़ौम की तिजारती कमर तोड़ने की है।

पहली लूट 'लुधियाना क्लॉथ मर्चेन्ट' से शुरू हुई। मुँह पर गमछा बाँधे एक व्यक्ति ने रॉड डालकर दुकान की शटर में लगा ताला तोड़ दिया। मुँह पर कपड़ा बाँधने की ज़रूरत भी महज़ इसीलिए थी कि वह ख़ुद उसी दुकान का मुलाज़िम था। लुटेरे शोर करते हुए दुकान में घुसे।

दुकान में रेशम, सूती, खादी आदि कपड़े थान में रखे हुए थे। लोगों

ने कपड़े लूटने शुरू किए। जिसे जो हाथ आया वही समेटने लगा। मगर एक आदमी भला थान से कितने ही कपड़े ले जा पाता। क़ैंची से काटकर कुछ लोग अपने हिस्से की लूट लेकर दौड़े। क़ैंची की कमी होने के कारण अधिकतर लोग उस दुकान से कुछ नहीं लूट पाए। दूसरों के हिस्से माल जाता देख ईर्ष्या फूट पड़ी और किसी एक ने रेशम की थान में माचिस मार दी। दुकान मय सामान धू-धूकर लहक उठा। लुटेरे भागे। ऋषि ने देखा कि उनमें कुछ ऐसे चेहरे भी थे जो नहीं होने चाहिए थे। कुछ ऐसे हाथ थे जो नहीं उठने चाहिए थे। कुछ ऐसे होंठ थे जो नहीं मुस्कुराने चाहिए थे। मगर कहें क्या? चाहने से क्या होता है!

वह ख़ुद भी तो यहीं था, इन्हीं लुटेरों के बीच। उनके साथ। मौन भी तो समर्थन ही है। यह ख़ूँरेज़ी उसे कचोट ज़रूर रही थी मगर वह ख़ुद को बहला रहा था कि इस वक़्त मनु और उसका परिवार ही उसकी प्राथमिकता है। और भलाई इसी में है कि वह यहाँ रहे। उसका मन जानता था कि वह ग़लत है; मगर मस्तिष्क उसे असहाय होने का एहसास कराता रह रहा था।

उसकी टोली जब आगे बढ़ी तो उसने आख़िरी बार दुकान से उठता धुआँ देखा। उस धुएँ की सघनता, उसकी ऊँचाई और दिन में भी बलवाइयों की दुस्साहस ने बचे हुए सिखों के मनोबल को तोड़ दिया। रात की बात और थी। दिन-दहाड़े हुई इस लूट और आगजनी ने यह बात गहरी पैठ कर दी कि उनके साथ प्रशासन क्या पड़ोसी भी नहीं है। जो जहाँ छिपा था, बैठा था वहीं रहा, नहीं निकला।

सैनी साहब का अपनी मेहनत से कमाए पसीनों का मोह नहीं छूट रहा था। उन्होंने कल रात के बाद ही सोच लिया था कि यदि बच पाया तो शहर छोड़ दूँगा। अपने शहर अपने लोगों के बीच ही कुछ कर लूँगा। इसीलिए आज मुँह अँधेरे ही सतनाम सैनी दुकान से पैसे निकालने आए। उनका गाँव से आया दूर का भांजा दुकान में ही सोता था। पैसे ज़्यादा थे तो उन्होंने एक झोले में भरकर पैसा अपने घर भिजवा दिया था। ख़ुद वह दूसरा झोला भर ही रहे थे कि बलवाइयों की आवाज़ उनके कानों में पड़ी। दुकान पर सात लीवर का ताला लगता था जिसे भांजा बाहर से लगाकर गया था इसलिए सैनी साहब बेफ़िक्र थे। मगर फिर जब शोर तेज़ी से पास आता हुआ उनके

दुकान पर रुककर तेज़ हो गया तो उनका दिल बैठ गया। शोर तेज़ होता गया। विषबोल फैलता हुआ उनकी दुकान के ठीक सामने आकर उन्माद में बदल गया।

कहते हैं सेंधमारों को दीवार में नम हिस्सा दिख ही जाता है। सात लीवर का ताला शरीफ़ों के लिए था। उस्तादों के लिए सात सेकंड का भी नहीं था। हुजूम में शामिल किसी उस्ताद ने महज़ पेंचकस की मदद से ताला खोल दिया। भीड़ नारों और नफ़रतों के बीच दुकान में दाख़िल हुई। इलेक्ट्रॉनिक सामान की दुकान में छिपने की कोई जगह नहीं थी और सतनाम सैनी ने उसकी कोशिश भी नहीं की। दरवाज़ा टूटते ही भीड़ दो भागों में टूट गई। कुछ लोग सतनाम पर टूटे तो कुछ लोग सामान पर टूट पड़े।

सतनाम सैनी दोहरे शरीर के मालिक थे। कसरती शरीर और भारी वजन के सतनाम सैनी को संभाल पाना आठ-दस लोगों के बस की भी बात नहीं थी। उन्होंने कृपाण निकालकर जब हुंकार भरी तो लोग छिटक गए। लोग पहले भयभीत हुए; मगर उनकी संख्या ज़्यादा थी और फिर आततातियों के पास बल का विकल्प छल था। वह कृपाण लहराते हुए बाहर निकलने ही वाले थे कि ताला तोड़ने वाले ने उनकी गर्दन पर पेंचकस से ही पीछे से वार कर दिया। नोंक श्वास नली में ही लगी थी। सतनाम सैनी कुछ ही पलों में ख़ून की कमी से निढाल हो गए। भद्दी गालियाँ और पैशाचिक नारों के बीच उन्हें खींचकर दुकान से बाहर लाया गया और आग लगा दी गई।

आग हरे-सूखे का भेद करती है। आग नम और खुश्क का भी भेद करती है। आग माध्यम और निर्वात का भी भेद करती है; मगर आग ज़िंदा और मुर्दे का भेद नहीं करती। वह यह नहीं देखती कि जो आदमी जिससे वह लिपटकर धू-धू हो रही है उसकी साँस भी बाक़ी है। या शायद बाक़ी थी अब नहीं रही।

ज़िंदा आदमी ज़िंदा ही जलकर अकड़ गया था। बाँहें अकड़कर आकाश को गले लगाने की दशा में कोयला हो गई थी।

रमाकांत ठाकुर भीड़ का हिस्सा तो नहीं थे। मगर उन्हें डर था कि कहीं सिख के भ्रम में कोई उन्हीं की दुकान न फूँक दे; इसलिए वह अपनी बंद दुकान के सामने ही खड़े रहे।

रमाकांत ठाकुर ने देखा कि सतनाम सैनी को उनकी आँखों के सामने ज़िंदा ही जला दिया गया। रमाकांत ठाकुर ने यह भी देखा था कि जब भीड़ दुकान में घुस रही थी ठीक उसी वक़्त सतनाम का भांजा लौटकर दुकान आ रहा था, मगर दुकान के पास बेक़ाबू भीड़ को देखकर उसकी हिम्मत जाती रही, वह फ़ौरन ही सामने खड़ी एक पुरानी कार के नीचे हो लिया। उसे उम्मीद थी कि इस तरह वह बच जाएगा। मगर ऐसा नहीं हुआ। रमाकांत को पता था कि सतनाम तो ख़त्म हो गए। अंतिम फाँस यह भांजा ही है। रमाकांत ठाकुर ने कार के निचले हिस्से में घुसकर छुपते हुए भांजे को देख लिया था।

बलवाई जब सतनाम सैनी का क़त्ल कर बाहर निकले तो रमाकांत ठाकुर ने एक बड़ा ही स्पष्ट-सा इशारा बलवाइयों को दिया। मगर बलवाई ख़ून और लूट की मद में चूर थे। उन्हें कुछ स्पष्ट समझ में नहीं आया। उन्हें लगा कि यह गाड़ी भी सरदारों की है जिसके लिए इशारा किया जा रहा है। बलवाइयों ने कुल्हाड़ी से गाड़ी के अगले चक्के पर दो वार किए। गाड़ी बैठ गई। नीचे छिपे भांजे के मुँह से चीख़ के बजाय ख़ून निकला जो बलुई मिट्टी में सनकर ख़ामोश हो गया। बलवाई अपनी ज़रूरत की सारी चीज़ें लूटकर आगे बढ़ गए थे। रमाकांत ठाकुर का रास्ता भी साफ़ हो गया था। अब उन्हें दुकान फैलाने से कोई नहीं रोक सकता था।

ऋषि ने महसूस किया कि कल से आज तक में मुद्दा बदल गया है। अब मुद्दा क़त्ल-ओ-गारत नहीं बल्कि लूट-ओ-खसोट रह गया है। इसलिए अब वह घर लौट सकता है। उसने लूट में मौजूद अपने साथियों को लूट में ही मसरूफ़ छोड़ा और घर की तरफ़ लौट आया।

सखी री, माथ का लिक्खा

घर पहुँचते ही ऋषि पहले ग़ुसलख़ाने में गया। हाथ मुँह धोकर बाल्टी में रखे पानी में अपना सिर डुबा दिया। साँस टूटने तक उसने सिर पानी में डाले रखा। जब शरीर साँसों के बग़ैर फड़फड़ाने लगा तब उसने अपना सिर बाल्टी के बाहर निकाला। अपनी शर्ट खोलकर ग़ुसलख़ाने में ही छोड़ दी और ग़ुसलख़ाने में रखी स्वेटर पहनकर निकल आया। दरवाज़े पर दस्तक देने से पहले उसने यह ताक़ीद कर दी कि बाहर खड़ा आदमी ऋषि ही है। बाहर से उसने जो ताला लगाया था उसकी चाभी उसी के पास थी। ताला खोलकर उसने फिर मनु के नाम से दरवाज़े पर दस्तक दी। दरवाज़ा मनु ने ही खोला। भीतर घुसते ही उसने देखा कि छाबड़ा साहब पीठ के बल लेटे हैं और मनु की माँ उनके पैर दबा रही है। भीतर घुसकर वह अभी साँस भी नहीं ले पाया था कि एक अजीब-सी सायरन की आवाज़ ने सबको फिर से वहशत में डाल दिया। सायरन ठीक छाबड़ा साहब के घर के पास आकर रुका और लाउड स्पीकर से एक कर्कश मगर रोबदार आवाज़ गूंजी:

"कृपया ध्यान दें। इस इलाक़े में स्थिति तनावपूर्ण होने के कारण कर्फ़्यू लगा दी गई है। आपको आदेश दिया जाता है कि आप अपने घर में ही रहे। खिड़की दरवाज़े बंद कर लें और झाँकने की कोशिश न करें। हमें किसी भी व्यक्ति को देखते ही गोली मार देने का आदेश है। इसलिए अगली सूचना तक कृपया घरों से बाहर न निकलें।"

यह आदेश किसी और वक़्त में जी का अज़ाब हो सकता था। अधिकारों

की निषिद्धता के रोष का कारण हो सकता था; मगर इस वक़्त यह सबसे बड़ी ख़ुशी का बायस था। यह स्थिति नियंत्रण की माँग थी। ऋषि ने बाहर झाँककर देखा। फ़ौजी गाड़ियों की गश्त शुरू हो चुकी थी। वह लगभग ख़ुशी से चीख़ ही पड़ा–

"अब घबराने की कोई बात नहीं है। ख़तरा टल गया है!"

"सच कह रहे हो बेटा जी! क्या अब वे लोग दुबारा नहीं आएँगे?" मनु की माँ पूरी तरह आश्वस्त होना चाहती थीं।

"नहीं आंटी जी। सारा इलाक़ा अब नियंत्रण में आ जाएगा। जितना बुरा होना था हो चुका। अब सब ठीक होगा।" ऋषि ने कहा।

"वाहे गुरु तेरे ते मेहर करे पुत्तर। अज तू जो कित्ता ऐ ओ कोई अपना वी नहीं कर सकदा।" मनु की माँ ने अपने आँचल से अपने आँसू पोंछते हुए कहा।

ऋषि शायद छाबड़ा साहब से कुछ सुनना चाह रहा था। मगर छाबड़ा साहब सुन्न हो चुके थे। ऐसा लगता था जैसे वह इन बातों को समझ ही नहीं पा रहे। जैसे वह किसी दूसरी दुनिया के हैं और यहाँ लोगों में अज़ाब अनुभव कर रहे हैं। वह बिना कहे उठे और बाहर निकलकर सीढ़ियाँ चढ़ने लगे। मनु की माँ को यह अजीब तो लगा मगर उन्होंने इसे विभीषिका का असर समझा और वह भी चुपचाप छाबड़ा साहब के पीछे-पीछे बाहर दरवाज़े से बाहर निकलकर अपने घर की सीढ़ियाँ चढ़ने लगीं।

जाने से पहले उन्होंने ऋषि के सिर पर हाथ फेरा। मनु जिसकी समझ में पिता का यह आचरण नहीं आया, कुछ देर तक उनके सामान बटोरती रही।

"मनु, चेत्ती आ पुत्तर!" माँ ने दरवाज़े पर खड़े होकर कहा तो मनु भी बिना कुछ कहे ही कमरे से निकल गई।

कमरे में ऋषि अकेला रह गया।

***

उन्माद रुका; मगर इस्मत और तिजारत लूट लेने के बाद। कल तक का सामान्य आदमी आज का लुटेरा था जिसे परसों फिर सामान्य आदमी होकर, ठेलों, खोमचों, दुकानों, दफ्तरों, बसों गाड़ियों में खो जाना था। लूट दंगों

की नाजायज़ औलाद है। अवसर कभी बन जाते हैं कभी बना लिए जाते हैं। मगर हर दंगों में लूट का जन्म होता ही है। नाजायज़ इसलिए भी कि लुटेरे महज़ लूट और नाश से मतलब रखते हैं। वस्तु उसके काम की है भी या नहीं इस सोच से भी लापरवाह लुटेरे बस लूटते चले जाते हैं।

सो, लूटकर लाई गई टीवी कुएँ में छुपाई गई। बाक़ायदा रस्सियों से बाँधकर। नोट मिट्टी के गमलों में यह सोचकर गाड़ दिए गए कि आड़े वक़्त निकाले जाएँगे। लूट का माल लेकर भागने में जब बीच में पड़ा नाला समस्या बना तो नाले को दो नए फ्रिज़ एक के बाद एक रखकर पुलिया बना लिया गया और उसपर से गुजरकर लूट के सामान निपटाए गए। बिजली से चलने वाले सामान उन बस्तियों तक में भर लिए गए जिन बस्तियों में बिजली नहीं थी और न ही आनी थी। ऑडियो कैसेट लूटने के लिए अपने पाजामे को खोलकर उसके पायचों में गाँठ लगाकर झोलानुमा बना दिया गया। दस-दस रुपये की चीज़ के लिए लोग सरे-बाज़ार अधनंगे हो गए। कैसेट लूटने के बाद जब पता चला कि टेप रिकॉर्डर के बिना यह किसी काम की नहीं है तो लुटेरे टेप रिकॉर्डर की दुकान की तरफ़ दौड़े। मगर वहाँ मुर्दई छाई हुई थी। वह तो पहले ही लुट-पिट चुकी थी। दुकान के बाहर भगदड़ में उखड़ी-टूटी चप्पलों और कालिख के निशान के अलावा कुछ नहीं था। झुंझलाकर लुटेरों ने कैसेट कूड़ेदान में फेंक दिए और पाजामे से इज़्ज़त ढाँप ली। जूतों की दुकान से लोग पैरों के साथ हाथों में भी जूते डालकर भागे। जूते के डब्बों को दुकान जलाने के लिए इस्तेमाल किया। किताबों से किसी को कोई प्रेम नहीं था। किताबों से प्रेम ही होता तो दंगे ही क्यों होते! सो, किताबों को आग का कच्चा माल मानकर उसी तरह उपयोग किया गया।

उन्माद रुका। सेना ने शहर को छावनी में तब्दील कर दिया। कर्फ़्यू तत्काल प्रभाव से लगा दिया गया। देखते ही गोली मारने के आदेश हुए। सायरन, हूटर और सेना के लाउड स्पीकर की आवाज़ जो किसी अन्य वक़्त में खीझ उत्पन्न करती इस वक़्त सबसे अधिक राहत दे रही थी। कर्फ़्यू के कारण खाने-पीने के दिक्कतें थीं मगर सब्र यह था कि जान की क़ीमत पर भूख मारना सस्ता सौदा था; या फिर यह सौदा था भी नहीं। एकमात्र विकल्प

था। भय के इस दौर में एकमात्र विकल्प।

भय का ज़ोर ख़त्म हुआ तो भूख ने ज़ोर मारी। अस्थमा की दवा के लिए छाबड़ा साहब का कुछ खाना भी ज़रूरी था। मनु की माँ उनकी पीठ की ओर बैठी हर खाँसी पर पीठ सहला रही थीं। रुआँसी मनु ने जब घर का हाल देखा तो वह ज़ोर-ज़ोर से रो ही पड़ी; मगर फिर फ़ौरन ही उसे पिता की तबीयत का ख़याल आया। वो मुँह में दुपट्टा ठूँसकर रोने की आवाज़ छुपा बैठी और खाने के लिए कुछ ढूँढ़ने लगी। घर में खाने को कुछ नहीं था। दाल-चावल भी लूट लिए गए थे। उसने देखा कि दो दिन पुराने वही उबले हुए आलू पड़े थे जो ऋषि स्टोव पर रख गया था। आलू ठंडे हो चुके थे। दूसरा कोई चारा नहीं था। उसने आलू छील दिए और उसपर थोड़ा-सा नमक डालकर छाबड़ा साहब और माँ के आगे रख दिया। छाबड़ा साहब ने दो टुकड़े खाकर दवा खा ली और बाएँ करवट लेट गए। दाहिने करवट में उनका दमा बढ़ जाता था। दवा ने असर किया। थोड़ा आराम आया तो रात भर के जागे छाबड़ा साहब सो गए।

माँ को खिलाकर मनु ने जैसे ही अपने मुँह में आलू का एक टुकड़ा रखा उसे ऋषि की याद आई। कैसी निष्ठुर है वह। ख़ुदग़र्ज़! उसे वह याद क्यों नहीं आया? वह भी तो कल से भूखा ही होगा। सोचते हुए उसके हाथ फ़ौरन रुक गए और वह किचन की ओर चली गई। अपने दुपट्टे में दो उबले हुए आलू छिपाकर वह नीचे उतर गई।

मनु के आने का आभास ऋषि को नहीं हुआ। मनु ने देखा कि ऋषि अपने दोनों पाँवों के बीच तकिया फँसाये शून्य में कुछ देख रहा है। पहले तो दो क्षण उसने ऋषि के देखने का इंतज़ार किया; मगर जब ऋषि अपलक ही शून्य को ताकता रहा तो उसने ऋषि के कंधे पर अपनी हथेली रख दी। ऋषि चिहुँक गया। दरअसल वह डर गया और बहुत तेज़ी से पीछे खिसक गया। उसे इस तरह डरता देखकर मनु भी विचलित हो गई। उसने अपने दुपट्टे में से निकालकर आलू अख़बार पर रख दिए और कहा-

"की होया? तुसी डर रये हो। डरना ते साणु चाहिदा ए ना!"

ऋषि जिस स्थिति में था उसे इस वक़्त समझना मनु के बस में नहीं था। एक वक़्त तक आदमी ख़ुद को मजबूत दिखाते हुए भावनाओं को ज़ब्त

कर सकता है। मगर सिर्फ़ एक वक़्त तक! वक़्त पूरा होने पर जज़्ब का बाँध टूट जाता है। पत्थर फिर से इंसान हो जाता है। ऋषि के लिए इंसान होने का वक़्त आ गया था। वह अपने गले में अटके हुए फाँस को रोक नहीं पाया और मनु को ज़ोर से भींचकर फूट पड़ा। उसने अपना चेहरा मनु की छाती में गड़ा लिया और रोने की आवाज़ को उसके सीने से दबाकर छिपा लिया। मनु के लिए यह स्थिति आकस्मिक थी; मगर आकस्मिक स्थितियों के लिए प्रेमिकाओं, माँओं और पत्नियों को तैयारी की ज़रूरत नहीं होती, वह उनमें नैसर्गिक होता है। बच्चों को संभालना वो माँ बनने से पहले से जानती हैं।

मनु ने ऋषि की बालों में अपनी उँगलियाँ फेरीं। उसके पीठ पर हाथ रखा और कहा–

"रोईं ना! रोना तो हमें है!"

"मुझे माफ़ कर दो।" ऋषि ने रोते हुए ही हिचकियाँ लेते हुए ही कहा।

"किस वास्ते?" मनु ने पूछा।

ऋषि ने कोई जवाब नहीं दिया। बस रोता रहा। ऋषि के रोने से मनु का मन बैठने लगा। उसे लगा कि कहीं छाबड़ा साहब जो अभी माँ से बता रहे थे वह सच तो नहीं था। कहीं सचमुच ऋषि ने भी किसी का ख़ून तो नहीं किया है। उसने फ़ौरन पूछा,

"तु वी किसे नू मारया ए?"

ऋषि ने इस बार भी कोई जवाब नहीं दिया। मनु ने फिर पूछा। पूछते वक़्त उसकी उँगलियों की हरकत ऋषि के बालों में रुक गई। उसकी साँसें थम गईं। उसने फिर पूछा–

"मारया ए?"

ऋषि ने उसके सीने में ही सिर को ना की मुद्रा में रगड़ते हुए कहा–

"बचा नहीं पाया!"

"कोशिश कित्ति–सी की?" मनु ने पूछा।

ऋषि ने अबकी बार मुँह से कुछ नहीं कहा बस अबकी बार 'हाँ' की मुद्रा में सिर हिलाया।

"बस, फेर कोई गल नी।" मनु ने चैन की साँस लेते हुए कहा और

उसे अपने सीने से और गहरे चिपका लिया।

घड़ियों और साँसों को क़ायदे से ऐसे वक़्त में रुक जाना चाहिए; मगर वह नामुराद ऐसे वक़्त और तेज़ चलने लगती हैं। घड़ी की टिक-टिक और साँसो की धक-धक इतनी तेज़ होती है कि नीरवता टूट ही जाती है; मगर थोड़ी देर में ही दोनों को एहसास हो गया कि दोनों कुछ ज़्यादा ही क़रीब हो गए हैं। ऋषि फ़ौरन ही पीछे खिसक गया। मनु भी पीछे हुई और फिर संभलकर बैठ गई। बाहम ख़ामोशी छाई रही। फिर मनु ने ही ख़ामोशी तोड़ते हुए पूछा-

"कुछ खाया?"

ऋषि ने इनकार में सिर हिला दिया। मनु उसका इनकार देखने से पहले ही उठकर सब्ज़ी काटने का चाकू ले आई। उसने चाकू से आलू के चार टुकड़े किए। ऋषि के स्टोव के पास पड़े डब्बे में से भुना जीरा और नमक निकालकर आलू के बीच रखकर मिला दिए और ऋषि के ठीक सामने आकर बैठ गई। ऋषि भी अपने क़ुर्ते के बाँहों से आँखें पोंछकर पाँव को पीछे मोड़कर आसन की स्थिति में बैठा रहा। मनु ने अपने हाथों में आलू की एक फाँक ऋषि के मुँह में डाली। ऋषि ने चुपचाप खा लिया। खाते वक़्त ही उसे ख़याल लगा कि शायद घर में खाने को कुछ नहीं है; फिर भी उसने पूछा-

"खाने को कुछ नहीं है क्या?"

"नहीं, दाल-चावल तक उठा ले गए कमबख़तमारे।" मनु ने दूसरा निवाला ऋषि को देते हुए कहा।

"अंकल ने कुछ खाया?" ऋषि ने मुँह चलाते हुए ही पूछा।

"हाँ।" मनु ने जवाब दिया।

"और तुमने?" ऋषि ने फिर पूछा।

"हाँ। मैंने भी।" मनु ने नीचे देखते हुए ही झूठ कहा।

"पाँच आलू में पूरे परिवार ने खा लिया?" ऋषि ने कहा जिसके जवाब में मनु चुप ही रही। ऋषि ने मनु के हाथ से बचे हुए आलू लिए और एक टुकड़ा मनु की ओर बढ़ाया। मनु को क़ायदन मुँह खोलना था; मगर उसकी आँखों का दरिया खुल गया। इतना कि वह उन्हें संभाल नहीं पाई और

रोते हुए ही कमरे से बाहर चली गई।

प्रेम दरअसल तरह-तरह के आँसुओं का समुच्चय है। ख़ुशी, ग़म, ग़ुस्सा, ख़ला, डर और बिछोह। यह सारी भावनाएँ एक ही गुण को संतुष्ट करती हैं और वही गुण प्रेम है।

छूटत है पियु की नगरिया सखी री

नुक़सान जब हो चुका होता है तब उसके बाद की जाने वाली हर कोशिशें महज़ भरपाई होती हैं। नुक़सान हो चुका था। रुपया-पैसा, गहने-ज़ेवर, कपड़े-लत्ते तो भौतिक चीज़ें थीं जो सिखों को आज छोड़कर कल कमा लेनी थीं। मेहनत से नसीब लिखने वाली क़ौम को मेहनत करने से कौन-सा दंगा, कौन-सा दमन, कौन-सा विभाजन रोक पाया है। असली नुक़सान विश्वास टूटने का हुआ था जिसे जोड़ने का गारा ऊपरवाले ने अबतक नहीं बनाया।

नुक़सान हो चुका था; भरपाई बाक़ी थी। प्रशासन नुक़सान करा लेता है तो भरपाई को तत्पर होता है। शहर अब फ़ौज के हवाले था और फ़ौजियों ने राहत कार्य शुरू कर दी थी। जगह-जगह घूमती फ़ौज की गाड़ियों ने स्थिति नियंत्रण में कर दी थी। प्रशासन को भी जब यह विश्वास हो गया कि स्थिति अब नियंत्रण में आ चुकी हैं तो कर्फ़्यू में ढील हुई। फ़ौज की लॉरियाँ ज़िंदा, हताहत और घायल सिखों को ढूँढ़कर गुरुद्वारे तथा स्कूल जैसे सुरक्षित स्थानों पर पहुँचा रही थीं। कर्फ़्यू हटते ही ऋषि को घर में राशन न होने का ख़याल आया। उसे पता था कि बाज़ार में लूट की स्थिति होगी क्योंकि सभी लोग खाने के सामान के लिए टूट पड़ेंगे। यही सोचकर फ़ौरन वह बाज़ार की ओर दौड़ा। मगर बाज़ार की स्थिति दंगे से भी ख़राब थी। खाने के सामान के लिए भी लोग ख़ून करने को आमादा नज़र आए। वह लड़कर केवल वक़्त ज़ाया कर सकता था। जो उसे इस वक़्त सही नहीं लगा। अचानक उसे

उकरीद बस्ती की छोटी बेकरी का ध्यान आया उसे लगा कि फ़िलहाल के लिए वहाँ से कुछ पावरोटी ही लेकर घर में रख ले। उसे उम्मीद थी कि वहाँ भीड़ कम होगी। वह दौड़ता हुआ उकरीद पहुँचा। बेकरी में भीड़ सचमुच कम थी। उसने छह बड़े पाव लिए और फ़ौरन लौटा। वह इस बात से संतुष्ट था कि मुश्किलों भरी इस स्थिति में कुछ दिन का गुज़ारा हो जाएगा। दौड़ता-दौड़ता वह इतना थक गया था कि लौटते वक़्त उसने रफ़्तार धीमी कर दी। वह नहीं जानता था कि यह जो धीमी रफ़्तार का उसका निर्णय है; इसी निर्णय के लिए वह ख़ुद को तमाम उम्र माफ़ नहीं कर पाएगा।

ऋषि जब मुहल्ले के मुहाने पर पहुँचा तो उसने देखा कि एक काली लॉरी उसके घर के आगे खड़ी है। वह व्यग्र हो उठा। उसे अचानक ही एहसास हुआ कि अभी-अभी कोई लड़की घर से निकलकर लॉरी में जा बैठी है। उसका दिल बैठ गया। उसे लगा कि वह लड़की मनु है। नहीं-नहीं वह लड़की मनु ही है। उसके पैर जम गए। उसे ऐसा महसूस हुआ कि उसका हृदय उसके पाँव तक ख़ून नहीं पहुँचा रहा है। वह दौड़ तो क्या खड़ा भी नहीं रह पाएगा। वह फिर भी दौड़ा। उसके नज़दीक आते ही उसने देखा कि छाबड़ा जी, मनु और मनु की माँ लॉरी में बैठ चुके थे। उसने फिर रफ़्तार तेज़ की। तमाशाई पड़ोसी अपने घरों से बाहर आकर तमाशा देख रहे थे। ऋषि उनके बीच से जगह बनाता लॉरी तक पहुँचा। उसे अभी कितनी बातें करनी थी। उसे अभी छाबड़ा जी से माफ़ी माँगनी थी। उनकी नाराज़गी का कारण जानना था। अपनी सफ़ाई देनी थी। मनु का हाथ माँगना था। अभी कुछ भी तो नहीं हो पाया था। उसने लॉरी में चढ़ने की कोशिश की मगर एक गुरखा सिपाही द्वारा रोक दिया गया।

"तुम सिख हो?" गुरखा ने पूछा। ऋषि ने 'हाँ' कहना ही चाहा कि तमाशाइयों ने 'ना' कह दिया।

"फिर तुझे कौन-सा ख़तरा?" कहते हुए गुरखा ने ऋषि को परे कर दिया। गाड़ी के इंजन के चालू होने की आवाज़ जैसे ही घनघना उठी ऋषि के भय ने हूक का रूप ले लिया। उसने एक बार सिर्फ़ एक बार मनु को देखना चाहा; पर संकोचवश आँखें छाबड़ा साहब से हटा ही नहीं पाया। छाबड़ा साहब जिन्हें क़ायदन ऋषि को देखना था, शून्य को अपलक देख रहे थे।

मनु भीतर की सीट में दबी तमाशाइयों के बीच ऋषि की आँखें खोज रही थी जिसे वह विदा भी नहीं कह पाई थी। आँखें किसी हाल नहीं मिलीं।

लॉरी धूल और धुएँ छोड़ती आगे बढ़ गई। ऋषि रोड के सटे शिव मंदिर के चबूतरे पर निष्प्राण-सा बैठ गया।

"इसी की वजह से बचा है यह परिवार। वरना लॉरी यहाँ से भी लाश ही उठाती।"

"जिसका वक़्त नहीं आया उसे कोई नहीं ले जा सकता।"

"क़िस्मत के धनी निकले छाबड़ा जी।"

ऋषि तमाशाइयों के बीच से आती आवाज़ सुनता रहा। ब्रेड कहीं गिर गई या उसके हाथ से कोई ज़रूरतमंद ले गया है उसे एहसास भी नहीं हुआ।

भीड़ छट गई। भीड़ अपने काम में लग गई। भीड़ जो कि कल पहला, दूसरा, तीसरा या चौथा थी; कौन जाने आज चने भिगो रहा छोले वाला, बकरे खींचता क़साई, राँदा तेज़ करता काश्तकार या फिर कॉलेज जा रहा वह लड़का ही हो। क्रोध और लोभ का जहर उतरा तो लोग फिर अपने काम में लग गए। शहर फिर मसरूफ़ हो गया।

***

मैं यानी शहर बोकारो इस बदकार दाग़ के साथ जीने को मजबूर हूँ। कई कमीशन आए, कई रिपोर्टें आईं, कई वृतचित्र बने। मगर कोई कमीशन, कोई रिपोर्ट, कोई वृत्तचित्र कितनी सच्चाइयाँ समेट सकता है! कितनी कहानियाँ उघाड़ सकता है! उन कहानियों का क्या जिसे उसके चरित्र बताना ही न चाहें! ऐसी ही कई कहानियाँ मुझमें दफ़न हैं। जिसे कोई भी कमीशन, कोई भी रिपोर्ट क्या निकाल पाएगी! जिसे कोई भी धर्म कोई भी पश्चाताप, कोई भी दान मुआफ़ नहीं कर पाएगा!

सिखों का एक दफ़ा फिर पलायन हुआ। बच गए सिखों में से अधिकांश ने अपने परिवार के साथ शहर छोड़ दिया। कुछ कर्मठ फिर भी रुके और अपने हौसलों की बदौलत फिर उठ खड़े हुए। मगर विश्वास जो एक दफ़ा टूटा तो अधिकांश सिख मुझे छोड़ ही गए। छाबड़ा साहब ने अपना घर

औने–पौने दाम पर बेच दिया और मुझे छोड़कर अपने पैतृक निवास मोगा जा बसे। मनु को वहीं एक कॉलेज में दाख़िला दिलाया गया। ऋषि कुछ और दिन मेरे पास रहा और फिर उसकी बंगाल पुलिस सेवा में नौकरी हो गई। वह भी नए मकान मालिक से उसकी चिट्ठियाँ नए पते पर भेज देने की दरख़्वास्त के साथ शहर छोड़कर कूच कर गया।

लीनी न बालम मोरी सुधिया

शहर छोड़ने के बाद भी प्रेम कहाँ छूटता है! किरदारों के मुक़द्दर में शहर बदलना लिखा होता है। कहानी का एक सिरा किसी एक शहर में बाँधने के बाद यदि किरदार शहर बदल भी लें तो शहर कहानियाँ नहीं भूलता। वह एक सिरे को पकड़े हुए ही दूसरा सिरा खोजता ज़रूर रहता है। किरदार शहर बदल लेते हैं और सोचते हैं सब ख़त्म हो गया; मगर शहर उन्हें याद रखता है। वह याद रखता है उनकी अठखेलियाँ, उनकी शोखियाँ, उनके झगड़े, उनका लड़कपन और उनका प्रेम।

छाबड़ा साहब को मोगा से आए उसके रिश्तेदार राहत शिविर से ही सीधा मोगा ले गए। वह दो-तीन महीने बाद आए भी तो महज़ मकान बेचने के लिए। कौड़ियों के भाव मकान बेचकर वह हमेशा के लिए मोगा लौट गए। मनु फिर इस शहर नहीं आई। मगर उसकी चिट्ठियाँ बराबर आती रहीं। हर बार कुछ नई तो कुछ पुरानी ही बातों से पगी चिट्ठियाँ। चिट्ठियों का मज़मून एक-सा ही होता। मगर फिर भी हर बार करने को कुछ नयी बातें रहती ही थीं।

जैसेकि-

पापा जी बहुत चिड़चिड़े हो गए हैं। अब तो गालियाँ भी निकाल देते हैं। अकेले रात भर टहलते और खाँसते रहते हैं। रिश्तेदार भी मतलबी। सब मकान के पैसे के लिए चिपके रहते हैं। अब इनके पास बचा ही क्या है?

जैसेकि–

गाँव के कॉलेज में ही उसका नाम लिखा दिया गया है। रोज़ नहीं जाना। बस परीक्षा देने जाना है। मगर अब उसका मन पढ़ाई में नहीं लगता। किताब खोलते ही ऋषि का चेहरा उसके आगे घूमने लगता है और वह रो पड़ती है। वह रोना नहीं चाहती।

जैसेकि–

'ख्वाजा ग़ुलाम फ़रीद' ने माहिये उसके लिए ही लिखे हैं। नहीं तो मेरा हाल वो कैसे जान जाते! जान भी सकते हैं। पीर–फकीर, मुर्शिद लोग बहुत पहुँचे हुए होते हैं।

''रोज अजल दी, दर दिलबर दी, कीमत इशक गुलामे
तांग तंगेदी, काग उडेंदी, रोवां सुबह–ओ–शामें
ना कोई खत दिलदार दा आया, ना कासिद पैगामे
आख फ़रीद दिल दरदों मांदी हुण मुट्ठड़ी बेआरामे!''

भाभियाँ उसे काग–उड़ावन वालियाँ कहती है। ठीक ही तो कहती हैं।

जैसेकि –

यहाँ की हालत दिन–ब–दिन ख़राब होती जा रही है। ममेरा भाई खाड्कुओं में शामिल हो गया है। हर आता दिन बुरी ख़बर ही लाता है। सही–ग़लत नहीं जानती। मगर यह जानती हूँ कि पुलिस बहुत परेशान कर रही है। एक दिन तो घर में घुस आई और उसके सोते पर से कंबल खींच दिया। भाइयों ने फिर झगड़कर बाहर निकाला तो देख लेने का कहकर चले गए।

जैसेकि–

यह चिट्ठियाँ वह कॉलेज जाते वक़्त ही डाल पाती है और कॉलेज जाने का कोई निश्चित समय नहीं है इसलिए देर–सबेर हो जाती है और यह चिट्ठी वह इसलिए लिख रही है क्योंकि उसने रात एक सपना देखा है जिसमें ऋषि पीली दस्तार बाँधे हाथ में तलवार लिए उसे ब्याहने आया है और उस का मेल खाता पीले रंग का लहंगा दीए से जल गया है। वह बहुत उदास है और यह ख़त इसी उदासी में लिख रही है।

जैसेकि–

ऋषि उसे याद तो करता है न? वह उसे इस एक साल में भूल तो नहीं गया। ऋषि यदि उसे देखने उसके गाँव आता हो तो मत आए। यहाँ ख़ून-ख़राबा बढ़ गया है। अब बस अगली बार तभी आए जब हाथ माँगना हो। यह भी कि पापा जी अभी तक ऋषि को दोषी मानते हैं। हालाँकि, मनु ने उन्हें बताया है कि गुरनामे तो रात गए ही चल बसा था; मगर वह उसे झिड़क देते हैं। कहते हैं आँखों देखी ग़लत नहीं होती। वह उन्हें यह भी समझा नहीं पाती कि ऋषि उस से झूठ नहीं बोलता और जो उसने कहा है तो सच ही कहा होगा।

जैसेकि–

एक दिन एक साई आया था। आटा माँगने लगा। आटा देकर जब लौटने लगी तो उसने कहा कि आटे के बदले क्या चाहिए? मैंने कहा, आस दे दो। साई हँस पड़ा। कहने लगा, "आस की तुझे क्या कमी? तू साँस पर नहीं आस पर ही तो जीती है।" साई कितनी सच्ची बातें कहते हैं।

जैसेकि–

घरवाले अब उसके लिए लड़का देख रहे हैं। पिछले रिश्ते की बात पर उसने घर में कोहराम कर दिया था। भाइयों ने हाथ भी चला दिया। पापा जी यहाँ आकर असहाय हो गए हैं। उन्होंने आज तक मुझपर हाथ नहीं उठाया। मगर नातेदारों के दबाव में कुछ नहीं बोलते। फिर भी वह फ़िक्र न करे। मनु ठीक है।

ऐसा नहीं था कि मनु एकतरफा ही परेशान थी। ऐसा नहीं कि ऋषि उद्विग्न नहीं होता। ऐसा नहीं कि उसे मनु की याद नहीं आती। ऋषि तो बल्कि ज़्यादा ज़ब्त करता था; क्योंकि वह तो अपना अहवाल भी किसी को नहीं बता सकता। वह दरअसल मजबूर था। आत्मग्लानि से भरा हुआ। वह ख़ुद को क़ुसूरवार मान चुका था। मनु की उसे सबसे ज़्यादा ज़रूरत जब थी तब मनु उसके पास नहीं थी। उसे इस ग्लानि बोध से निकलना था जिसमें वह ख़ुद को हत्यारा मान चुका था। मनु ने ही उसे अब तक ज़िंदा रखा था वरना उसे लगता था कि वह उसी रात से लाश हो गया है।

इन्हीं कशाकश के दिनों में एक दिन ऋषि का चयन बंगाल पुलिस सेवा में सार्जेंट के पद पर हो गया जिसकी परीक्षा उसने पहले ही दी थी। पिता की जगह नौकरी की न उसे अब ज़रूरत थी न इच्छा। उसे अब यह शहर भी अच्छा नहीं लगता। शहर छोड़कर नौकरी के लिए वह कलकत्ता तलब हुआ था।

मगर शहर छोड़ने के बाद वह सीधा नौकरी करने नहीं गया। वह मनु के दिए पते पर मोगा जा पहुँचा। उसने छाबड़ा साहब के पाँव छूए और मनु का हाथ माँग लिया। संयुक्त परिवार का माहौल था और चूँकि मनु ब्याह के लिए इनकार करती रही थी इसलिए ऋषि का आना छाबड़ा साहब के रिश्तेदारों को खटका तो ज़रूर; मगर छाबड़ा साहब ने बात को घर में उठने ही नहीं दिया। उन्होंने रिश्तेदारों को बताया कि यह लड़का छाबड़ा साहब के बिके हुए घर के बकाया पैसे देने आया है। पैसे के नाम से रिश्तेदार भी ख़ुश हुए। बात आगे नहीं बढ़ी।

घर से बाहर गाँव घूमते हुए ही किसी टीले पर बैठकर छाबड़ा साहब ने ऋषि को यह बताया कि यह पंजाब है और ऋषि यहाँ मेहमान। सो यदि यहाँ के लोगों को इस बात की भनक भी लग गई कि वह उस दिन रात भर घर से बाहर बलवे में था तो ऋषि पंजाब की मिट्टी की खाद बन जाएगा। वह बहुत मुश्किल से कुछ-कुछ भूल पाएँ हैं; मगर सब कुछ नहीं। इसलिए बेहतर यही रहे कि ऋषि लौट जाए। ऋषि जो ख़ाली हाथ ही आया था, ठीक वहीं से ख़ाली हाथ ही लौटा। मनु को कुछ बताने की ज़रूरत नहीं समझी गई; फिर भी मनु तक ख़बर यह पहुँची कि ऋषि पैसे देकर लौट गया। मनु इस बचकाने झूठ पर हँस पड़ी और फिर देर तक रोती रही।

लौटना ऋषि की मजबूरी थी। हाँ, मगर लौटते हुए वह मनु को यह भी नहीं बता पाया कि अब वह भी उस शहर में नहीं रहता। सरकार की चाकरी के लिए अब उसे दिन-रात दूसरे शहर की गश्त में रहना होगा। ऋषि लौटते वक़्त मनु से मिलना चाहता था; एक आख़िरी दफ़ा। मगर नहीं मिल पाया। वह उसी के इंतज़ार में सारी रात स्टेशन पर बैठा रहा। उसे यह आस थी कि मनु उससे मिलने किसी तौर ही सही; आएगी ज़रूर। मनु नहीं आई। ट्रेन आ गई। अमूमन देरी से चलने वाली वह ट्रेन उस दिन ठीक समय पर आई।

ऋषि अपनी बदक़िस्मती पर हँसा और ट्रेन में चढ़ते हुए यह बात समझ गया कि छत से उतरकर कमरे में आने और घर से निकलकर स्टेशन आने में .फ़र्क़ होता है।

ऋषि अब नौकरी में व्यस्त था और एकतरफ़ा संवाद के रूप में महीने-दो महीने में आने वाली एक चिट्ठी के इंतज़ार में दिन काटता था। वह अब इस शहर महज़ अपनी चिट्ठियाँ लेने आता था; जिसे संभालकर रखने की गुज़ारिश उसने मकान मालिक को कमरा छोड़ने से पहले ही कर दी थी। पहली बड़ी छुट्टी में ही ऋषि मनु के गाँव के ढाले तक गया था। दूर से ही दो तल्ले मकान को निहारते हुए चाय की दुकान पर ही उसने छाबड़ा साहब की बाबत कुछ जानकारी लेनी चाही। जानकारी यह मिली कि छाबड़ा की बेटी 'ख़राब' हो चुकी है और ख़राब क्या हो चुकी है वह तो ख़राब ही आई थी। छाबड़ा ने शहर दंगे की वजह से नहीं; लड़की की वजह से ही बदला था। दो बार अच्छे-ख़ासे रिश्ते तोड़ चुकी है। एक बार तो दूसरे की छत पर कूदते हुए भी देखा गया था उसे। शहर के बच्चों का चलन ही ख़राब है। जवानी गारत कर आई है। इधर तो कुछ ऐसा हुआ कि उसे अपनी फुआ के यहाँ भेज दिया गया। ऋषि ने पूछना चाहा कि फुआ का घर कहाँ है? मगर वह पूछ नहीं पाया। उसे लगा कि यह सवाल उसे संदेह में डाल देगा और पंजाबी न बोल पाने के कारण वह संदिग्ध तो पहले से ही है। वह चुप ही रहा और रात में फिर घर का एक गश्त लगा लेने के बाद लौट आया।

दिन बीतते रहे। ख़त आने कम तो हुए मगर बंद न हुए। ऋषि के लिए यही संबल बड़ा था कि ख़त बराबर आते रहे। इस दफ़ा जब दो महीने चिट्ठियाँ नहीं आईं तो ऋषि का मन उदास हुआ। वह छुट्टियाँ लेकर मनु के गाँव जाने की सोच ही रहा था कि तभी अचानक ही एक दिन नए मकान मालिक ने उसे फ़ोन करके बताया कि उसकी एक चिट्ठी काफ़ी दिनों बाद आई है।

चिट्ठियाँ प्रेमियों की प्राणवायु होती हैं। उतनी ही ज़रूरी जितनी श्वास अवरोध से मरते इंसान के लिए ऑक्सीज़न। इतनी ज़रूरी कि ऋषि रातवाली पैसेंजर से अगले ही दिन बोकारो पहुँच गया था। चिट्ठी मनु की ही थी। लिखा था-

सरदार मेरे,

बुआ का अब–तब लगा है। उन्हें गंगा सागर की आस है। 14 को एक आख़िरी बार निकल रही हूँ। अगर भूला न हो तो हाथ थाम लेना और जो भूल चुका हो तो वहीं उसी समंदर से मुझे छान लेना। क्योंकि लौटकर मैं फिर नहीं आने की।

तेरी ही...

ऋषि ने चिट्ठी दुबारा पढ़ी। फिर पढ़ी। बार–बार पढ़ी और यह जान पाया कि मनु की बुआ की तबीयत ख़राब है और मरने से पहले वह गंगासागर स्नान करना चाहती हैं। इसी प्रयोजन से मनु भी आएगी। उसने चिट्ठी एक दफ़ा और पढ़ी और आख़िरी लाइन पढ़कर सिहर गया।

उसने ज़ेहन में गंगा सागर की तिथि बैठाई।

सखी, अब विदा की बेला

गंगा सागर।

लोकोक्ति कहती है कि सब तीरथ बार-बार, गंगा सागर एक बार। लोकोक्ति कहती है तो कारण भी होगा। कारण यह कि यह सागर द्वीप का बड़ा हिस्सा चार साल में एक दफ़ा ही नज़र आता है। कारण यह भी कि मकर संक्रांति के दिन यहाँ स्नान से हज़ार गायों के दान के समकक्ष पुण्य मिलता है; ऐसी मान्यता है। कारण यह भी कि यह तीर्थ इतना दुरूह है कि बार-बार इसे कर पाना संभव भी नहीं। जमीन, नदी, ज़मीन और फिर सागर नापते हुए यहाँ तक पहुँचना ही तपस्या जैसा है। मकर संक्रांति के दिन यहाँ स्नान से जो पुण्य की मान्यता है वह दूर-दराज से लोगों को खींच लाती है।

छाबड़ा साहब अपनी बहन, पत्नी और बेटी के साथ-साथ गाँव के एक भतीजे को भी लेकर आए थे। संक्रांति से पहले वाली रात को वह काकद्वीप में डेरा डाल चुके थे। लोगों की भीड़ और चींटियों की कतारों में कोई अंतर न था। एक बारगी तो बुजुर्ग छाबड़ा साहब भीड़ देखकर घबरा गए। बुढ़ापे का सबसे पहला वार आत्मविश्वास पर ही होता है। उन्हें बहन की इस निजी मान्यता पर खीझ भी आई; लेकिन फिर उन्हें याद आया कि बहन ने आज तक कुछ नहीं माँगा था। पहली और शायद आख़िरी इच्छा इसी स्नान की जताई थी। वह ना नहीं कर पाए।

कमिटी से बातकर छाबड़ा साहब ने अलग टेंट और खाने का इंतज़ाम करवा लिया था। मगर जनवरी की ठंड, गिरते ओस और उम्र के इस पड़ाव

ने स्थिति असामान्य कर ही दी थी। रात में कपड़े के एक टेंट में पुआल पर चादर बिछाकर सारा परिवार सोया। नीचे की मिट्‌टी गीली होने के कारण मनु को नींद नहीं आई। ठंड हड्डियों को गला देने वाली थी। हवाएँ जिस्म को बेधकर समा जाना चाहती थी। उसने अपने झोले से बिस्कुट का छोटा पैकेट निकाला और उठकर टेंट से बाहर निकल आई।

आदमी को जब उम्मीद का सहारा ही आख़िरी होता है तो वह असंभव से मुग़ालते भी पाल लेता है। मसलन, मनु इस उम्मीद से भी बाहर निकली थी कि शायद ऋषि यहीं कहीं हो और वह उसके बाहर निकलने का इंतज़ार कर रहा हो या शायद उसने किसी के हाथों संदेशा ही भिजवाया हो। रास्ते भर तो वह हर मफ़लर और शाल से मुँह ढके इंसान को पुर-उम्मीद देखती आई थी। बाहर निकलकर भी उसने ठंड से हाथ मल रहे लोगों और मफ़लर से मुँह छुपाए लोगों को बड़े ध्यान से देखा। जब लोग भी उसे उतने ही ध्यान से देखने लगे तो वो शर्मिंदा हुई। उसने फ़ौरन आँखें घुमा लीं और भीतर टेंट में आ गई।

प्रेम अंधविश्वास का पहला पाठ है। इतनी नाउम्मीदी के बाद भी उसे इस बात का पूरा विश्वास था कि उसने यदि ऋषि को नहीं देखा तो कोई बात नहीं, ऋषि ने ज़रूर उसे कहीं से देख लिया होगा। उसने एक क्षण में ख़ुद को सांत्वना दी और दूसरे ही क्षण डर गई। उसे लगा कि अगर ऋषि नहीं आया तो क्या होगा? अगर उसे वह चिट्‌ठी ही नहीं मिली होगी तो क्या होगा! उसकी नौकरी हो गई हो और वह शहर ही छोड़ चुका हो तो क्या होगा? क्या पता छुट्टियाँ न मिली हों। वह डर गई। उसे लगा कि उसे सब ग़लत ख़याल आ रहे हैं। उसने कुछ सबद दुहराए और फटे टेंट में से चाँद को देखने लगी। उसे लगा कि चाँद उसकी बात ऋषि तक पहुँचा रहा है। उसने मन्नतें दुहराई और चुपचाप आकर लेट गई।

सुबह का तवील सफ़र तड़के ही शुरू हो गया। धक्का-मुक्की, झगड़े-रगड़े, शोर-ओ-गुल। पाँच लोगों का क़ाफ़िला काकद्वीप से सागरद्वीप की ओर बढ़ा। दो मील की सर्पीली मानव रेखा में धीमे-धीमे खिसकते हुए सब लोग घाट तक आए जहाँ से स्टीमर द्वारा आगे की यात्रा करनी थी। स्टीमर में कुल चालीस लोग सवार हुए। स्टीमर सागर द्वीप की ओर तैर चली। रात

भर न सो पाने और स्टीमर की ठंडी हवा लगने के कारण मनु को नींद आ गई। स्टीमर से हुगली पार करते वक़्त ज्वार का अंदेशा हुआ। स्टीमर थोड़ी हिली मगर फिर स्थिर हो गई। ख़ुद को संयत करते वक़्त ही मनु की माँ को यह अंदेशा हुआ कि स्टीमर पर सवार कोने में खड़ा एक लड़का कद-काठी से ऋषि जैसा है। वह थोड़ी संशकित हुई। फिर इसे अपना वहम मानकर रह गईं। हालाँकि, उन्होंने लड़के पर अपनी नज़र लगाए रखी जो चलती स्टीमर में समुद्री पक्षियों को पावरोटी के टुकड़े फेंकने में व्यस्त था। अनिष्ट की आशंका से उन्होंने मनु के हाथ पर अपना दबाव बढ़ा दिया।

स्टीमर से उतरकर भी सागर द्वीप आना अभी बाक़ी था। वहाँ से सरकारी बस जो कि इसी सेवा के लिए बड़े जहाज़ से लाई जाती है, से गंतव्य तक की दूरी तय करनी थी। छाबड़ा साब के साथ आए लड़के ने पाँच टिकट ली और सारे लोग बस पर सवार हो गए। बस में भी सशंकित बैठी मनु की माँ ने जब आसपास लड़के को न पाया तो उन्होंने ख़ुद के वहम को कोसा। इतनी देर से खिन्न वह अब थोड़ी खिली नज़र आईं।

मगर जिस बात ने उन्हें सुकून दिया वही बात मनु को उदास कर गई। हर बीतते पल के उसका मन उचाट होता रहा। उसे लगा कि ऋषि उसे बिसार बैठा है। मनु ने खिड़की वाली सीट ली थी और उसी पर ठोढ़ी टिकाये जाते पेड़ गिनती रही। उसे बरबस ही माहिये याद आते रहे। वह बुदबुदाती रही–

वे आ वे माहीं रब तेंकू आणे
ते गियाँ मुद्दताँ गिन-गिन घड़ियाँ
हिज़्र तेरे विच अखियाँ रोवण
जिवें सावन मीहीं दियाँ झड़ियाँ

विछोह अब असहनीय था। विरह अब अवर्णनीय। मनु जोग में थी। अपने आसपास से भी मबहूत। खोई हुई।

अंततः सागरद्वीप भी आ ही गया। छोटे से भू-भाग में हजारों श्रद्धालु ठीक चींटियों के तरह लग रहे थे। प्रशासन की ओर से यथोचित सुविधा उपलब्ध थी। खोया-पाया वाले लगातार लोगों के गुम हो जाने, सामान की चोरी, सामान की हिफ़ाज़त आदि की सूचना तेज़ आवाज़ में दे रहे थे।

स्नान की ओर जाते वक़्त मनु के मन में ख़याल आया कि कितना अच्छा हो कि वह इसी भीड़ में खो जाए और कभी किसी को न मिले। उसकी पाँचों उँगलियों में अपनी पाँचों उँगलियाँ फँसाए उसकी माँ बाँस से बने अवरोधों के बीच से चली जा रही थी। छाबड़ा साहब अपनी वृद्ध बहन की हिफ़ाज़त में लगे थे।

तारों एवं नक्षत्रों ने स्नान का वक़्त 9 बजकर 06 मिनट मुक़र्रर किया था। साथ आए लड़के को कपड़े इत्यादि के पास खड़ा कर छाबड़ा साहब ठीक वक़्त पर स्नान को उतर गए। बहन और पत्नी ने विधिवत पुण्य कमाए। छाबड़ा साहब बस पाँव लहरों में डाले खड़े रहे। मनु ने आती लहरों से अपने मुँह और सिर पर पानी डाला मगर अत्यंत खारा होने के कारण पानी पी नहीं पाई। संशकित माँ की नज़रें नहाते वक़्त भी मनु पर ही जमी रहीं।

पुण्यार्थियों के स्नान के बाद कपड़े बदलने के लिए सब उसी स्थान पर इकट्ठा हो गए। साथ आया लड़का अब स्नान के लिए आगे बढ़ा। छाबड़ा साहब मुँह फेरे खड़े हुए तो औरतों ने साड़ी से घेरा बनाकर कपड़े बदल लिए। गंगासागर का स्नान पूरा हो चुका था। मनु का मन डूब चुका था। वह बेमन से ही माँ की भीगी साड़ी निचोड़ रही थी कि अचानक उसने शोर सुना।

यह दरअसल शोर नहीं था। यह भगदड़ थी। समुद्र का ज्वार अचानक ही बढ़ गया था और भयावह लहरों का रूप ले रहा था। प्रशासन ने जैसे ही समुद्र से दूर सुरक्षित स्नान पर जाने की घोषणा की ठीक वैसे ही भगदड़ मच गई। स्नान करने वाले ज्वार के ख़तरेवाले क्षेत्र में आ रहे थे। घोषणा हुई तो लोग-बाग बिना सोचे समझे ही भागने लगे। भगदड़ मच गई। तीन ओर समुद्र और एक ओर ज़मीन में भागने का रास्ता भी एक ही था। छाबड़ा साहब ने अपने परिवार को एक तरफ़ से घेरा मगर तीन भाग तो फिर भी ख़ाली रहा। लोग बदहवास भागने लगे। गिरने-मरने लगे। चीख-ओ-पुकार के बीच हाथ छूटने लगे। अचानक भगदड़ के बीच ही मनु की माँ को लगा कि उन्होंने फिर उसी लड़के को देखा है और अबकी दफ़ा बिल्कुल पास से। उन्हें फिर लगा कि वह लड़का ऋषि ही है। उनके सारे शरीर में सिहरन-सी दौड़ गई। उँगलियों में फँसी उँगलियाँ भगदड़ में एक क्षण को छूटीं,

मगर दूसरे ही क्षण उन्होंने उँगलियों पर अपना दबाव बढ़ा दिया। भगदड़ में गिरते-उठते भागते-संभलते लोगों के बीच ख़ुद को खड़े रखना भी कठिन था। रास्ते के लिए बाँधे गए एक बाँस को पकड़कर वह खड़ी हो गईं। ज्वार का पानी नीचे उतरा तो थोड़ी ही देर में भगदड़ थम गया। चैन की लंबी साँस लेते हुए मनु की माँ ने हाथ में फँसी हुई उँगलियाँ देखीं। वह काँप उठीं। उनके हाथ में फँसीं हुई उँगलियाँ मनु की नहीं थीं। वह हाथ छाबड़ा साहब की बहन का था।

उन्होंने महसूस किया कि मनु वहाँ नहीं थी। मनु कहीं नहीं थी।

ज्वार शांत हुआ, भगदड़ ख़त्म हुई। रेड क्रॉस वाले अपने काम में लगे। खोया-पाया वाले अपने काम में।

देर तक मुनादी होती रही-

एक लड़की। जिसका रंग गोरा, कद मँझोला और नाम मनजीत छाबड़ा है; खो गई है। लड़की ने हरे फुलकारी की क़मीज़ पहन रखी है। हिंदी और पंजाबी बोल सकती है। जिस किसी सज्जन को मिले वह कृपा कर उसकी सूचना खोया-पाया केंद्र दें। सूचना देने वाले को उचित इनाम दिया जाएगा।